비둘기는
샛길로
날아오네

비둘기는 샛길로 날아오네

권만희 장편소설

불휘미디어

작가의 말

 모든 일의 출발점에는 반드시 그 결말을 암시하는 징후가 있음을 믿는다. 해군문학상에 공모하게 된 이유도 나름대로 알아챈 징후가 있어서였다.
 해군에 대해 아무것도 모르면서 무리수를?
 긍정과 부정의 양 갈래 길에서 헤매던 중, 뜻밖의 손님이 찾아와 연 사흘이나 아파트 출입구 앞에서 놀다가 갔다.
 하얀 비둘기 두 마리… 비둘기가 어떻게 이곳까지? 그들이 날아가 버린 후, 문득 제목이 떠올랐다. 제목을 정하고 나니 아, 이 소설을 끝까지 쓸 수 있겠구나 싶었고, 곧바로 글쓰기에 돌입했다.
 평소에 진해를 엄청 좋아하면서도 해군에 대해서는 골똘히 생각해 본 적 없었다. 그저 드넓은 바다를 항해하면서 우리의 바다를 지키는 군인이겠거니 했던 것이 전부였다. 나의 무지함을 타박해 가면서 도서관, 인터넷, 신문을 온통 뒤적이며 열심히 해군을 공부했다. 마감 날짜가 있었던 달에는 잠이 오지 않아 저절로 이틀에 한 번 잤다. 그럼에도 전혀 피곤하지 않았다. 이 소설이, 그동안 해군이 쌓아 올린 광활한 업적에 행여 먼지 한 톨의 피해라도 입혀서는 안 된다는 생각이 강렬했기 때문인 것 같았다.

주인공 서 민규 해군 대위는 '사랑한다면 서 민규처럼!'이라는 바람으로 탄생시킨 가상의 인물이지만 공모 마감일 직전, 다 쓴 소설을 최종적으로 읽으면서 어떤 장면에선 눈물이 났다.

소설 속, 그의 삶이 녹록하지 않아서였다. 하지만 힘든 길 끝에는 반드시 그 힘들었던 시간을 보상받는 아주 특별한 선물이 기다리고 있음을 말해 주고 싶었다.

차례

작가의 말
004

연어의 노래
008

꽃이 지는 아침
78

회로
98

시월에 찾아오는 것
146

소멸의 온도
192

빗방울 전주곡
218

해설 | 김은정(경남대 국어교육과 교수)
샛길로 온 비둘기의 노래
252

연어의 노래

붉은 기운이 거실 오른쪽 배란다 안까지
들어와 길게 드러눕는 걸 보니, 멀리 보이는 산밑으로 해가
넘어가는 중이다. 이 아파트 거실은 베란다가 서남향이어서,
오후 늦게까지 따뜻한 온기를 꽉 물고 있다. 비록 강남은 아
니지만, 그런 이유 때문에 아파트 다른 동보다 가격이 억대
이상으로 더 나간다며, 이 동 여자들은 마치 무슨 대단한 걸
성취한 듯 우쭐해져 있다. 그 우쭐거림에 겉으로 동조하진
않더라도 내심으론 설옥도 다른 동보다 가격이 높다는 현실
이 조금도 싫지 않다. '돈 싫다는 사람이 세상이 있을 리 없
지, 오르는 김에 더 오르면 더 좋고,' 라는 욕망의 끈을 한쪽
손에 은근슬쩍 쥐고 있던 터여서, 자신도 모르게 물들어 버
린 속물 근성을 이제는 굳이 털어버릴 생각도 하지 않는다.
　식탁 앞에 앉아서 멍하니 베란다 밖 해지는 풍경을 바라보
고 있던 설옥은 몸을 일으켜 침체된 집 안 공기를 바꿀 요량
으로 거실 창을 활짝 열어 놓고, 조심스럽게 흔들의자에 앉
아 본다. 뒤늦은 꽃샘바람이 심술궂긴 하지만 쌀랑한 기운

이 도통 싫지는 않다. 이 의자엔 늘 남편과 세호가 번갈아 가며 앉았다. 설옥은 등을 뒤로 완전히 눕혀야 하는 흔들의자가 그다지 편하지 않았으므로 앉을 생각조차 해 본 적 없었다. 그 지옥 같은 일을 치른 후, 남편의 물건들을 죄다 정리하긴 했지만 흔들의자를 버리진 못했다. 티브이 시청은 물론, 신문, 독서, 낮잠, 커피 타임까지 남편은 이 흔들의자에 앉아서 해결했다. 그 습관을 세호도 똑같이 따라 했다. 심지어 축구나 야구 경기가 있는 날은 두 사람이 흔들의자 쟁탈전을 벌일 정도였다. 한때는 그런 소담스러운 일상이 흘러가고 흘러오던 집이었다. 도대체 이 집에 무슨 일이 일어났던 것일까.

설옥은 휴대폰을 눌러, 아들과 통화를 시도한다.

"아들! 일 좀 처리해 놓고 모레 아침에 일찍 출발할게. 임관식이 열 시라고 했지?"

"예! 전망 좋은 멋진 곳에 숙소도 예약해 놨습니다. 오신 김에 며칠 쉬셨다 가십시오. 도착 시간에 맞춰 해군사관학교 정문에서 기다리겠습니다. 조심해서 운전해 오십시오. 충성!"

"알았어."

휴대폰을 끄자마자 설옥은 흔들의자에서 발딱 일어선다. 거실 안으로 무엇인가가 푸드득거리며 날아들어 왔기 때문이다. 바닥에 고꾸라져서 날개를 접었다 폈다 하고 있는 그

것은 새 같기도 하고 닭 같기도 했다. 조심조심 가까이 다가서다가 소스라치게 놀란다. 하얀색 비둘기다. 가만히 살펴보니 사흘 전 아침 산책을 끝낼 무렵 집으로 데려와 치료를 해 주었던 그 비둘기인 것 같았다. 상처를 입은 한쪽 다리 때문에 걷지도 날지도 못하던 비둘기는 길바닥에 누워 파르르 떨고 있었다. 못 본 척 지나칠 수가 없어서 조심스럽게 집으로 안고 와, 불편해 보이는 다리에 연고와 밴드를 처방한 후, 다시 산책길 숲속에 놓아 주었다. 그때 감아 주었던 초록색 밴드는 흔치 않은 것이라서 단박에 알아볼 수 있었다. 세상에 어떻게 이런 일이… 참으로 신기한 일도 다 있다고 여기며 설옥은 비둘기를 조심스럽게 만져 본다. 왼쪽 다리에 감아 주었던 밴드를 떼어 내고 비둘기를 똑바로 세워 보려 하자, 절뚝거리며 몇 걸음 걷다가 주저앉아 버린다. 이틀 전 보았을 때보다 나아진 것 같긴 하지만 완전한 걸음을 걷기에는 아직 치료가 더 필요해 보인다.

'아무리 그래도, 녀석이 우리집 거실로 날아온다는 게 말이 돼? 숨어서 나를 몰래 미행했던 것도 아닐 테고… 참, 신기한 일도 다… 비둘기가 길을 알아?'

설옥은 약통을 가져와서 치료를 다시 시작한다. 면봉에 마데카솔을 묻혀서 상처 부위에 야무지게 문지르고, 밴드를 붙인다. 뜨거운 물에 진통제를 녹인 후, 주사기를 사용해 비둘기 주둥이 안으로 투입시킨다.

'살고 싶어서 날 찾아왔겠지. 저도, 서서히 다가오는 죽음의 그림자가 두려웠겠지. 아무리 그렇다 해도 도대체 이런 일이 가능하기나 해? 지가 나를 어떻게 알고…'

치료를 끝내고 한참 동안 비둘기를 살피던 설옥은 문득 머릿속을 헤집는 불안감 때문에 휴대폰 찾아 누른다. 신호음이 울리자마자 힘찬 음성이 들려온다.

"네! 어머니!"

"별 일 없지?"

"조금 전에 통화했는데, 또 아들 걱정하십니까? 이 세호 소위, 정확하게 보고드립니다, 서부 전선 이상 무! 충성!"

"어, 그래, 됐어. 괜히 아들 목소리 한 번 더 듣고 싶었어."

휴대폰을 끄고 냉동실에서 각얼음을 꺼내, 오전에 내려 두었던 커피와 섞어 벌컥벌컥 들이킨다. 다리를 다친 하얀 비둘기가 혹시라도 해군인 아들과 무슨 연관이 있지 않을까 하는 걱정이 슬며시 가슴 한쪽을 후벼팠던 탓이다. 신경과민이라고 여기면서도 이 세상에 달랑 아들과 둘만 남았다는 생각이 들면, 은밀하게 온 신경을 찍어 누르는 공포심을 가라앉힐 도리가 없다. 차츰 나아지겠지, 하면서도 어느 틈에 뇌리 한쪽을 갉아먹는 허기 같은 것에 제압당하는 자신이 도통 마음에 들지 않는다. 그러나 이 상황을 탈피할 뾰족한 방도가 딱히 있는 것도 아니다.

밤새 가수면 상태로 누워 있던 설옥은 날이 어렴풋이 밝아 오자 샤워를 대충 끝내고 챙겨 두었던 짐을 또 점검해 본다. 며칠을 머무르게 될지는 도착한 다음에 결정하라는 덕희의 의견을 따르기로 한 터라, 이번 여행은 아끼는 시들을 낭송하는 마음으로 담담하게 다녀오리라 작정한다. 자신이 선택한 길을 잘 가고 있는 세호에게도 더 이상 엄마로서 해 줄 일은 없는 것 같다. 품 안에 있던 자식이 홀로서기를 하는 모습에 예견할 수 없었던 서운한 감정이 파고들기도 했다. 일반대학으로 진학하라는 강력한 권유에도 굳이 해군사관학교를 고집하던 아들이 그 무렵엔 썩 달갑지 않았다. 지금 돌이켜 보면 아들에게 앞뒤가 맞지도 않는 억지스러운 주장을 우기기만 했던 것 같았다. 엄마가 해군사관학교 입학을 그렇게 말리는 이유를 논리적으로 설명해 보라는 세호의 거센 항의를 받고 나서야, 슬그머니 주장을 거둬들였다.

'아들이 가는 길을 내가 정해 줄 수는 없는 거지.'
화장대 앞에 앉아 얼굴에 선크림 쿠션을 두드리던 설옥은 가방 안쪽에 깊숙이 넣어 두었던 그것을 꺼내 한참을 만지작거리다가 넷째 손가락에 슬며시 끼워 본다. 그것은 누군가의 손길을 애타게 기다리고 있었다는 듯 빤히 설옥의 눈길을 받아 내고 있다. 세월이 몇 년이나 흘렀는지 따위를 꼽아 보려 해도 까마득하기만 하다. 어떤 까닭이 있었던 것인지 알아볼 수만 있다면 천 번 만 번이라도 알아보고 싶었던 마음 간절했었다. 쇠붙이로 엮어 놓은 오랏줄이 되어 설옥의 가슴팍을 두르고 있었던 그날 밤 이후의 일들이 하나씩 둘씩 형체를 드러내 오자, 양쪽 어깨를 으스스한 냉기가 둘러싼다.

  외출하여 하루 꼬박 은행 관공서 마트 등을 돌며 볼일을 끝내고 돌아오니 날씨는 어느 틈에 회색빛으로 가라앉고 있다. 서울을 벗어난다는 게 이만큼이나 큰 무게로 어깨를 짓누르는 일인가 싶으니, 너무 오래 갇혀 있었다는 자괴감도 든다.
  내일,
  남편이 떠난 후 처음으로 집을 벗어난다. 이 집을 비워 둬도 될까 하는 염려스러움이 설옥의 마음을 조여왔지만, 무작정 다녀오는 거지 뭐, 무작정… 라고 혼잣말을 몇 번이나 반복한다.
  거실 밖이 완전한 회색으로 변하자 머릿속이 혼란스럽다. 삼 년을 버텨 왔음에도 어느 순간엔 단 삼 일도 흐른 것 같지 않다. 집 안에서 햇살이 꺼져 버리면 여기가 천 길 땅 속인가 싶어, 현관 밖으로 뛰어 나가고 싶은 충동이 불쑥불쑥 솟기도 했었다. 비둘기를 숲속으로 돌려보내지 말고 그냥 데리고 있을걸, 하는 후회를 하던 중에 손가락에 끼고 있었던 반지가 눈에 잡힌다.

　베란다에 서서 그것을 내내 바라보던 설옥은 갑자기 할 일을 찾은 사람처럼 휴대폰을 켜고 네이버 검색창에 이름을 쳐 본다. 놀랍게도 혹시나 했던 예측이 들어맞아 버리자, 설옥은 자신의 눈을 의심한다. 반신반의하며 검색해 본 이름이었다. 여섯 명의 동명이인이 확인되었고 그들을 차례대로 검색해 보자, 다섯 명은 아무 연관도 없는 사람들이다. 약간은 허전해지는 기분으로 별다른 기대 없이 여섯 번째의 이름을 쳐서 들여다본 순간, 믿을 수 없는 사실이 시야에 들어온다. 떨리는 마음으로 그 이름과 사진을 눈앞이 흐물흐물해질 지경까지 보고 또 본다. 휴대폰을 손에서 놓을 수가 없다. 몹쓸 세월이 할퀴고 간 자국 탓에 나이가 들어 보이긴 했지만, 그 사람이 틀림없었다.

　어떻게, 어떻게 이럴 수가…

　가슴 속 어디쯤인가에 억지로 침몰시켜 버렸던 원망과 그리움의 감정이 거대한 회오리를 일으키며 격랑을 몰아온다.

　'살아 있었네. 죽지 않고 멀쩡하게 살아 있었네… 배신자… 다른 여자가 있었던 거겠지. 그러면 그렇다고 실토를 했어야지, 거머리처럼 들러붙을까 봐 번개보다 더 빠르게 숨어 버리다니, 비겁한 놈! 구더기 같은 놈! 나쁜 놈! 목숨을 바쳐서 사랑한다고, 고래보다 더 거창한 몸짓으로 떠들어 대더니 쥐도 새도 모르게 사라져 버린 놈! 아무 일도 없다는

표정으로 이렇게 태연히 살아 있었네.'

 그 사람은 죽었다.

 그렇게 단정했다. 영원히 이별했다고 생각했었다. 그때의 모든 상황들이 그렇게 믿을 수밖에 없도록 만들었다. 그런데 그게 아니었다.

 세호가 해군사관학교에 입학하던 날, 어떤 경우에도 절대로 비겁한 해군이 되지는 말라고 당부하고 또 당부했었다. 아무 영문도 모르는 아들에게 다짐까지 받아내야 했을 만큼, 분노를 품게 했던 그 장본인이 죽지 않았다는 사실이, 소나무 잎이 파랑색이라는 주장처럼 터무니없는 현실 같았다. 믿어지지 않았다. 설옥은 자꾸만 떨리는 손가락 끝을 베란다 난간에 대고 누르고 또 눌러 댄다.

 서울을 벗어나는 거리에는 지독한 무거움과 지독한 가벼움이 똑같은 두께로 깔려 있다. 흔적도 없이 땅속으로 꺼져 버리고 싶었던 죽음에의 유혹과 살아내야 한다는 충동이 교차하면서 하루에도 몇 번씩 두 개의 영혼이 서로 뒤엉기는 혼란을 감내해야 했었다. 아들을 위해서라도 강해져야 한다는 주변의 위로 같은 거, 솔직히 귀에 담기지 않았다. 무슨 인생이 이래… 무슨 인생이 이렇게 혹독해… 라는 물음만 끝도 없이 전신을 포박했던 날들이었다. 남편을 그렇게 보내서는 안 될 일이었다. 비록 애틋하게 서로를 바라보던 눈

길은 없었을지라도 그런 일상들 끝에 덜컥 죽음이 기다리고 있어서는 안될 노릇이었다.

"덕희야, 어떡하니? 세호 아버지, 나랑 엄청 싸우고 집을 나갔는데, 그날 밤에, 그날 밤에 사고가…"

남편이 떠난 후, 설옥은 무수한 밤을 꼬박 날것으로 세우면서 누구에게도 열어 보이지 못했던 절망의 보따리를 덕희한테 종종 풀어놓았었다. 그런 호소가 반복되던 어느 날 밤, 잠자코 듣고만 있던 덕희의 휴대폰에서는 아무 소리도 들려오지 않았다. 덕희의 그런 무반응이 설옥에게 견딜 수 없는 초조함을 안겨 주었다. 아무리 친한 친구라도, 어쩌면 덕희한테 남편을 죽게 만든 악마로 비쳤을 수도 있겠구나 싶어, 절제하지 못하고 속을 마구 뒤집어 보였던 자신의 모습이 후회스러워 눈앞이 허옇게 보일 지경이었다. 살다 보면 지난했던 과정이 깡그리 생략되어 버린, 어떤 일의 결과만으로 오롯이 심판을 받아야 하는 때가 오기도 하는 것이다.

"내가 나쁜 년이었어. 그렇지?"

대답이 없던 덕희가 울고 있었다는 것을 깨달은 것은, 통화를 끝내려고 할 무렵이었다. 그때 덕희는 거센 빗줄기 같은 절절한 울음소리를 휴대폰 저편에서 터뜨리고 있었다. 설옥은 그녀의 울음에 마음이 놓여 고꾸라지듯 바닥에 주저앉았다.

"울 사람은 난데, 네가 왜…"

역시 그녀는 친구가 틀림없다는 안도감에 휴대폰을 귀에 댄 체로 설옥도 훌쩍거렸다. 그러다가 서로 하고 있던 짓거리가 우스워, 누가 먼저랄 것도 없이 키들키들 웃음을 토했다. 그때 덕희가 했던 말이 지금도 또렷하게 귀에 꽂혀 있다.

"다, 운명이다, 운명의 수레바퀴는 순응하는 자는 태우고 가고, 거역하는 자는 끌고 간다 카더라. 니도 알제? 지금부터 니한테 인생 이 막이 다가올라카는 조짐인 거. 무슨 말인고 하면, 니 인생 총량의 법칙에서, 누려야 할 행복의 분량이 아직 두툼하게 남아 있어서 그런 일이 닥친 기란 말이다. 내 말 맞따 칼 때가 곧 올 끼다."

평소에 엄마 같은 말을 곧잘 하던 덕희는 자주 전화를 걸어와 설옥을 위로해 주었다. 인생의 남은 시간들을 어떻게 꾸려 가야 하나, 적막함이 턱밑까지 차오를 때쯤이면, 어김없이 덕희가 휴대폰 수신음을 울려 주었다.

세호가 졸업생 대표로 대통령 표창을 받으러 단상에 올라가자, 설옥의 가슴이 콩당거린다. 해군 사관생도로서의 생활을 무사히 잘 마친 것만 해도 대견한데 최고의 상까지 받는다니 감격스럽다. 임관식에 참석하고 있는 대통령을 경호하느라 운동장엔 선글라스를 낀 경호원들이 곳곳에서 임무를 수행하고 있다. 하얀 해군 제복을 갖춰 입은 생도들의 모습은 푸른 파도가 일으키는 물보라처럼 힘차고 듬직해 보인다. 세호는 졸업생 대표로 상을 받고 거수경례를 붙인 후, 단상을 내려온다. 참석한 사람들의 천둥소리보다 더 세찬 박수가 하늘을 찌른다. 설옥도 손바닥이 찢어져라 박수를 친다.

사관학교로 들어서는 도로 좌우의 벚꽃들, 정문에 자리잡고 있는 등대, 해군의 강인함을 상징하는 커다란 앵커와 탑에 새겨진 교훈이 진해만을 배경으로 서 있는 모습도 다 제자리를 지키고 있었다. 군항제 축제 때마다 그와 함께 사관학교 교정을 걸었던 기억들이 영화 장면처럼 눈앞을 스쳐갔다. 백두산함의 마스터도 말없이 설옥을 반겨 주었다.

"1949년에 미국에서 사들인 백두산함은 대한민국 최초의 전투함인데, 그 당시 정부에서는 전투함을 마련할 여력이 없어서. 해군 장병들과 가족들이 어렵게 성금을 모아 사들인 거라고 합니다. 그때와 비교하면 현재는 상황이 엄청나게 좋아졌어요."

사관학교 교정 곳곳을 안내하면서 자상하게 설명까지 곁들이던 목소리…

소위로 임관하는 졸업생들의 계급장을 달아 주는 순서다. 설옥도 차례를 기다렸다가 세호의 어깨에 듬직한 계급장을 달아 준다. 일 미터 팔십을 넘어가는 큰 키가 어깨에 얹힌 계급장을 더욱 빛내고 있다. 아버지를 마지막으로 배웅하는 와중에도 아무런 동요 없이 제 할 짓을 흐트러짐 없이 해낸 아들은 어느 틈에 아픔을 속으로 삭일 줄 아는 어른이 되어 있다.

"오늘 임관한 이 세호 소위! 첫째, 나라에 충성! 둘째, 어머님께 충성, 셋째, 제 여친에게 충성하겠습니다!"

거수경례와 함께 아들의 입에서 나온 말에 설옥은 깜짝 놀란다.

"이 소위! 여친 있었어?"

"예, 어머니! 바로 저기!"

세호가 가리킨 곳을 바라보니, 왕벚꽃 색 원피스를 입은 여자가 함박웃음을 물고 서 있다. 설옥이 그녀에게 미소를 보내자, 사뿐사뿐 다가와 절을 한다.

"안녕하세요. 말씀 많이 들었습니다. 송 연두라고 합니다."

"송 연두? 어여쁜 이름이네요."

"감사합니다."

"하하, 어머니처럼 여자고등학교에서 국어를 가르칩니다. 시를 좋아하는 로맨틱한 아가씨예요."

"그래?"

"네."

그녀가 머금은 미소가 맑다.

"국어를 전공한 특별한 이유라도?"

"시를 읽고 외우면서 사는 생활이 너무 좋아요. 문학에 관심이 많거든요."

그녀의 대답이 설옥의 마음을 붙잡는다. 국문학을 전공했던 자신도 그런 생각을 했었기 때문이었다.

"우리 이 소위가 한 편의 시 같은 예쁜 연두씨를 만나고 있었네. 반가워요."

"어머님 꼭 뵙고 싶었는데, 세호씨가 인사를 늦게 시켜 주네요."

"제가 통, 틈이 나질 않았습니다. 자, 두 분 저기 서 보세요. 사진 좀 찍을게요."

"아니야. 내가 두 사람, 찍어 줄게."

"아닙니다. 어머님이랑 연두씨 먼저! 두 분을 담으니까 화면이 완전히 르누와르 그림입니다."

세 사람은 이리저리 포즈를 취해 가며 사진을 찍는다. 뜻밖의 손님은 낯설지 않아서, 알고 지낸 지 오래된 사이처럼 분위기가 훈훈하다.

"이제 그만 찍어도 되겠는 걸. 함께 식사하러 가지."

"두 분, 제가 모시겠습니다. 식당 예약해 두었습니다."

세호와 연두가 차를 가지러 간 사이, 임관식이 끝난 사관학교 교정을 바라보며 설옥은 자꾸 떠오르는 지나간 추억의 장면들을 어쩌지 못한다. 수십 년 전, 모든 것이 서툴고 덜

아물었던 젊은 날에 왔었던 이 캠퍼스를, 다시 밟게 될 줄이야.

"설옥씨를 향한 사랑을 충무공 앞에서 맹세합니다."

이 순신 장군 동상 앞에서 거수경례를 붙이며 사랑을 약속하던 서 민규. 그날 그 사람도 세호처럼 빛나고 눈부셨다. 임관식이 끝나고 텅 빈 캠퍼스 곳곳을 안내하면서, 다음에 누구보다 더 열심히 임무를 수행한 후, 해군 생활을 끝낼 땐 반드시 저 단상 맨 앞줄에 앉게 해 주겠다고 약속했던 그 사람.
그를 사랑하는 동안에는 모든 것이 꽃이었고, 바람이었고, 환희였다. 돌 하나, 나뭇잎 하나, 거리를 지나는 사람들, 철로 위의 완행열차… 살아서 움직이는 모든 것들이 한 폭의 수채화였다.

진해 웅천 제덕항에 있는 에스디 레스토랑은 작고 아담한 어촌 같지 않게 창밖에 펼쳐져 있는 풍경이 저절로 감탄을 터뜨리게 한다. 의자 바로 옆에서 출렁이는 푸른 바닷물이 창 안으로 마구 밀려들어 올 것 같다.
"어떻게 이런 곳을 다 예약했니? 센스가 보통 아니네, 연두씨가 좋아하겠어."
설옥은 창밖 풍경에 넋을 빼앗긴다.

"여긴 손님이 줄을 서는 곳이라, 두 달 전에 좌석, 음식 다 예약해 두었습니다!"

"목소리 낮춰도 돼. 너무 군인티 내지 마. 엄마가 자꾸 경직되려고 하거든. 그렇지 연두씨?"

"네, 저도 처음엔 너무 어색해 마주 서서 같이 거수경례를 붙이기도 했어요."

"호호, 거 봐. 이젠 자세 편하게 해도 돼요."

"해군 1호 잠수함 함장 후보 이 세호 소위, 지금부터 동작 풀겠습니다. 하하하."

세호는 표정이 밝다. 연두를 간간이 훔쳐보니 행동도 조심스럽고, 말투도 부드러워서 세호가 매력을 느끼기에 충분하다. 여자 친구에 대해 그동안 한마디도 없었다는 사실이 조금은 섭섭했지만, 한편으로는 제 나이에 맞게 갈 길을 잘 가고 있다는 믿음직스러움에 오히려 마음이 놓인다. 시간은 무채색으로 존재하고 있지만, 그 누구에게나 예외없이 미래를 향해 걸어가야 할 길을 틔워 주는 법이다. 그 길에 무슨 색깔을 칠할 것인지는 오롯이 자신의 선택.

"저, 어머니."

연두의 조심스러운 말투.

"편안하게 말해도 돼요."

"말씀 낮추세요. 그래야 제가 편해요."

"그럼, 못이기는 척 그렇게 할까."

"네, 어머니. 그런데 세호씨, 왜 꼭 잠수함을 타려고 하는지, 수심 이 백미터까지도 잠수한다고 하는데 깊이를 짐작해 보면 어마어마해서 도저히 상상이 가지 않아요. 너무 위험하고 아찔하지 않아요?"

얼굴에 걱정스러운 기색이 역력하다. 그 눈 속에 세호를 아끼고 사랑하는 마음이 봉숭아 꽃잎처럼 녹아 있다.

"이 소위님, 아직 여친한테 설명해 주지 않았어? 사실은 나도 너무 깊은 심해에서 임무를 수행해야 한다니까 여간 걱정스러운 게 아니야."

"네, 저도 그래요 어머니."

"두 분, 아무 염려 마십시오. 우리나라에 잠수함을 타는 여군 승조원도 벌써 탄생해서 맡은 임무를 훌륭히 수행해 내고 있는 걸요. 1년이나 걸리는 고된 훈련 과정을 7개월 만에 끝내고, 해군의 상징, 돌고래 휘장을 받아든 씩씩한 여군도 있어요. 남자들보다 더 독하고, 강해요. 훈련을 끝내고 두 마리의 돌고래가 잠수함 양쪽을 지키고 있는 형상의 돌고래 휘장을 받으면, 그 영광스러움이 천지를 진동하죠. 가능하다면 저도 훈련 과정을 최대한 단축할 계획입니다. 하루빨리 잠수함을 지휘하고 싶어요. 잠수함은 심해에 침투해서 작전을 수행해야 하기 때문에 쇳덩이 같은 체력은 기본이고, 긴급 잠함을 비롯해 고난도의 훈련을 수도 없이 반복해야 해요. 그것을 모두 다 이겨내는 자에게만 작전을 수행할 영광이 오는 거죠. 저는 바다 밑으로 들어가면 이 세상을 온통 다 손에 쥔 것처럼 황홀해요. 바다 밑은 우리의 상상을 초월할 만큼 매력적인 또 하나의 우주예요. 어릴 때 제 별명이 잠수함이었던 거, 기억 안 나세요?"

"그래. 그때 너, 내 속을 얼마나 태웠는지 알고 있니? 초등학교 수영선수였는데, 대회에 나가 물속으로 뛰어들어간 후로 네가 안 보이는 거야. 다른 선수들은 다 출발지점에 도착했는데. 세호가 없었어. 너 찾느라고 여기저기서 온통 난리가 났지. 한참 만에 수영 코치가 널 물속에서 건져 냈는데, 정작 너는 아무 일도 없다는 듯이 생생한 거야. 물속에 잠수해서 최대한의 잠수 시간을 재고 있었대. 레이스 도중에 좌우를 살펴보니 상을 타긴 틀렸다 싶어서 그 실험이라도 하고 나가야겠다고 작정했다는 거야. 아휴, 그날을 생각하면…"

"어머머, 진짜 애태우셨겠어요. 무슨 그런 짓을 다 했어요?"

연두가 가볍게 눈을 흘기며 세호의 어깨를 툭, 툭, 친다. 음식이 나온다. 올리브와 발사믹을 곁들인 야채 과일 치즈 샐러드, 싱싱한 해물이 잔뜩 들어간 해물 파스타 그리고 고르곤졸라 피자까지.

"연두씨가 좋아하는 걸로 주문했니?"

"당연하죠. 그리고 해물 파스타는 어머니 좋아하시는 전복과 개불, 모시조개만 넣어 달라고 특별주문했고요. 드셔 보세요, 맛이 괜찮을 겁니다. 연두씨는 고르곤졸라 피자하고 콜라만 있으면, 나는 없어도 되는 사람이에요."

"진짜 그런 말까지 하기예요?"

"내 편 들어주려고 어머니 오셨는데, 찬스 살려서 일러바쳐야지. 그죠? 어머니."

"피자라면 너도 사족을 못 쓰잖아."

하하하, 활짝 웃는 세호의 웃음소리가 좋다. 아버지를 떠나보낸 슬픔보다 오히려 설옥을 위로하는데 더 마음을 쏟아 붓던 아들이 강제로 철이 들어 버린 것 같아서, 애틋함이 한결 더 깊었다.

"해군 잠수부의 정신이 뭐라고 했지?"

"꿈을 지닌 용사들아, 신비의 세계에 도전하여 해군의 새 역사를 창조하라."

"너, 잠꼬대로 그 말 진짜 많이 했었어. 잠수함을 타려고 태어났는지도 모른다는 생각까지 하게 만들었지. 서울에 살았어도, 틈만 나면 진해에 내려와 해군 모함이 정박돼 있던 주변에서 놀았던 거 기억나지? 내 꿈은 신비한 바닷속을 탐험하는 거라고 입버릇처럼 말했어. 너 때문에 덕희 아줌마 밥 많이도 해댔다, 한창 많이 먹을 나이였는데."

"그러게요. 진짜 눈치 하나도 안 주고 나한테 잘해 주셨어요. 아줌마 아들보다 오히려 나한테 더 신경을 많이 써 주셨으니까요. 아줌마 잘 계시죠?"

"만나기로 했어. 네가 진 빚 때문에 덕희 아들 석준이도 우리집에 몇 년 있었잖아. 세상사는 다 서로 주고받는 거야."

"석준이 하고 가끔 연락해요. 의대 공부가 워낙 시간을 못 내잖아요. 그래도 정이 듬뿍 들어서 형제 같아요."

"석준이도 덕희 아줌마 닮아서 품이 넉넉하잖아."

"그럼요. 동갑인데 꼭 형 같아요."

"여걸 같은 덕희 아들인데 어련하겠니."

"맞아요. 그래서 별명이 항공모함이잖아요. "

세호가 입고 있는 해군 제복 위에 자꾸만 겹치는 얼굴이 있다. 예상치도 않았던 장면들이 불쑥불쑥 떠올라 설옥의 눈앞을 가로막는다. 아무리 고개를 저어도 소용이 없다. 진해에 내려왔으면서 피하려고 한다고 돼? 설옥은 기억 속의 그 장면들이 펼쳐지면 펼쳐지는 대로 그냥 버려두리라고 작정한다.

식사가 끝난 후, 두 사람과 헤어진 뒤 설옥은 천천히 차를 몰고 중원 로타리로 향한다.

해군과 연애를 하게 되리라곤 생각도 해 본 적 없었다. 그 때문에 처음 본 해군 대위에게 그다지 마음이 가지 않았다. 어색하고 멋쩍은 시간이 흘러가고 중원 로타리에 있는 흑백 다방에서 맺어진 몇 커플은 각각 다른 데이트 장소를 물색

하기 위해 밖으로 나갔다. 두 사람 역시 다방을 나섰다. 벚꽃이 만발해 있는 여좌동 생태공원 하천가를 쭈욱 걷다가 서 대위가 걸음을 멈추고 물었다.

"왜 하얀 손수건을 선택했습니까?"

말도 잘 하지 못하는 쑥맥 같다는 느낌에, 시간을 대충 보내고 집으로 갈 작정을 하고 있던 중이어서 성의 없이 대답했다.

"집에 빨리 가야 할 일이 있어서요. 손수건은 이별을 의미하잖아요."

"아, 그러셨습니까… 갖고 있던 물건이 없어서 손수건을 올려놨었는데, 설옥씨를 처음 본 순간부터 제 파트너가 될 거라고 확신했습니다."

지나치게 존칭을 쓰는 딱딱한 말투도 거슬렸고, 파트너가 될 거라고 확신했다는 촌뜨기 같은 관심도 마음에 들지 않아 툭, 쏘아붙였다.

"에이, 다른 쪽에 신경 쓰고 있었다는 거, 뻔히 다 보이던데요?"

"아닙니다. 그건 설옥씨 눈을 바로 쳐다보기가 웬지 쑥스럽기도 하고 그래서…"

"어머… 그 거짓말을 믿으라고요?"

"진심입니다. 못 믿겠다면, 제가 증명해 드릴까요?"

"어떻게요?"

"딱 오 초만 눈을 감았다가 뜨면, 제가 쥐도 새도 모르게 사라지고 없을 겁니다."

"에이, 오 초 만에요? 몸을 숨기려면 최소한 오 분은 걸릴 텐데요. 숨을 만한 장소들이 너무 멀리 떨어져 있잖아요."

"못 믿겠으면 당장 시험해 보십시오."

"진짜죠? 좋아요, 그럼."

설옥은 눈을 감고 일 초, 이 초, 삼 초, 사 초, 오 초를 센 후, 눈을 떴다. 서 대위는 보이지 않았다. 어둠이 내려앉은 밤길 미로 속에 혼자 내던져진 기분이었다. 설옥은 가장 가까이 있는 집 담 아래로 걸어가 주위를 살폈다. 골목 안, 여기저기를 다 기웃거렸으나 서 대위는 없었다. 발자국 소리도 들리지 않았는데 순식간에 어디로 간 것일까? 덜컥 무섬증이 일었다.

"저, 어디 계세요?"

몇 번을 불러도 대답이 없었다. 무엇인가가 뺨을 스쳐가는 기색에 오싹해지기까지 했다. 조심스럽게 뺨을 더듬어 보니 하염없이 휘날리는 벚꽃잎…

"어디 계세요?"

이번에도 대답이 없으면 일 초라도 빨리 여기를 벗어나야 한다는 생각밖에 들지 않았다. 수상한 남자가 틀림없었다. 밤중에 처음 본 여자한테 숨바꼭질을 하자고 난리를 치질 않나.

"무서우니까 장난하지 말고 나오세요!"

설옥은 고함을 질렀다. 그러자 어디선가 가느다란 소리가 들려왔다.

"여기요, 여기…"

분명 가까운 어디쯤에서 들리는 소리였다.

"여기 아래쪽 하천…"

설옥은 하천 아래쪽을 살펴 가면서 어설프게 이어진 계단을 따라 조심조심 내려갔다. 하얀 제복이 어둠 속에서도 금방 눈에 들어왔다.

"여기서, 뭐 하세요?"

기가 막혔다. 어린애도 아니고 처음 만난 날 밤중에 이런 웃기는 행동을 벌였다는 사실이 너무나 유치했다.

"위에서 급작스럽게 뛰어내렸다가 조금 다쳐서… 하천이 생각보다 깊습니다."

서 대위가 다리를 절뚝거리며 설옥을 향해 걸어왔다. 진짜로 다친 것 같기는 했다. 설옥은 순식간에 벌어져 있는 상황이 너무 코미디 같아서 킥, 웃음을 터뜨렸다.

"웃지 마십시오."

"누가 숨바꼭질 하자고 했던가요."

"지금 상당히 심각한 상태니까 제 손이나 좀 잡아 주십시오."

서 대위가 불쑥 손을 내밀었다. 설옥은 뒤로 손을 감추었다가 얼떨결에 손을 잡아 주었다. 부드럽고 따뜻하게 설옥의 손을 꼭 감싸는 느낌이 싫지 않았다.

덕희는 연락을 받고 지체 없이 나타난다. 세련미 넘치는 옷맵시는 여전하다. 육십을 넘기긴 했지만, 그녀의 패션 감각은 나이를 훌쩍 뛰어넘는다. 카페로 들어서서 설옥을 향해 걸어오는 그녀의 모습엔 활기가 넘친다.

이 지난한 삶 속에서, 살아 있음을 보여 주는 저 움직임이 아름다운 거지.

그렇다. 더도 덜도 아닌, 저마다 제 자리에서 제 할 일을 하고 있는 일상의 나날들이 최상의 아름다움일 것이다. 그 단순한 원리를 깨닫지 못한 채로 세월을 건너왔었다.

"바다를 한입에 통째로 물고 있는 속천항, 이 달콤 카페를 우째 알았노?"

"세호가 알려 줬어. 요즘 카페들이 속천항에 다 모여 있다더니 진짜 그러네."

"하긴 세호가 더 잘 알 끼다. 근데 임관식에 와 초대 안 했노? 해군사관학교에 한번 가보고 싶었구만은. 내 아들보다 잘생긴 남의 아들 볼 끼라고 잔뜩 기대하고 있었는데 진짜 서운타!"

자리에 앉자마자 덕희는 불만을 터뜨린다.

"아, 참… 그 생각을 못했네… 미안, 미안… 너한테 폐 끼친다는 생각만 하다 보니… 내가 아직 정신이 덜 돌아왔나 봐. 세호가 아줌마께 안부 전하라고 당부도 했어."

"잘한다, 그깟 돈 안드는 안부만 자꾸 전하모 뭐 하노? 암만 바빠도 번개 면접이라도 잠시 해야 얼굴이라도 안 까묵지."

"호, 맞다, 맞아. 근데 넌 여전히 멋져. 늙지도 않고. 지금도 사방에 남자들이 수두룩하지? 여고 때, 우리 학교 옆 남고 학생들, 너만 지나가면 추풍낙엽이었잖아."

"뭐라카노? 딱 귀찮타, 하나 있는 것만 해도 처치 곤란인데, 또 뭐하게? 지금은 니가 나설 땐 기라. 시간도 많이 흘렀고, 앞으로 마냥 혼자 살 순 없다 아이가."

"친정 엄마 같은 소릴 또 하셔… 내 나이가 몇인데…"

"옴마야 윤 선생, 뭐라카노, 그대는 유행가 가사도 모르나. 사랑에 무슨 나이가 있노? 시작할 수만 있다카모, 한 바짓가랑이에 두 다리를 끼워 넣고서라도 달려나가야지. 차 마시자. 나는 라테. 그대는 뜨아?"

"응. 카드 맡겨 놨어."

"여기까지 내려왔으모, 니 지갑엔 본드 붙여 놔라. 내 지령대로 좀 따르고."

"아, 그럼 넌 밥 사."

"시끄럽다 고마."

커피 주문을 하러 가는 덕희의 뒷모습은 굴절이 없다. 어깨도 등도 곧다. '내 등은 다 굽어 버렸겠지.' 눈사태가 덮쳐 폭삭 무너져 버린 삶이었다 싶으니 스산해진다. 시간이 가면 나아지려니 했는데, 하루하루가 만만치 않다. 언제까지 이 상태가 계속 이어질지도 모를 일이다. 서로에게 애정이 없었던 깡말랐던 결혼생활이 끝내 파국을 초래했다는 결론에 도달하면, 아직도 등줄기가 시리다. 서로 그렇게까지 했어야 할 까닭이 있었을까. 늘, 찬바람이 씽씽 불어서 말 붙이기 힘들다는 말을 남편은 농담처럼 하곤 했었다. 그런 말을 들을 때마다 설옥은 마치 목적한 바를 이룬 사람처럼 돌아서서 내밀한 안도감에 젖어 들곤 했었다. 때문에 더 냉정하게 마음의 문을 닫아걸었다. 결혼생활을 30년 가까이 했던 사람인데 그렇게도 정이 가지 않았던가를 돌이켜 보면, 표시나게 손가락으로 꼽을 만큼의 흠결이 돌출돼 있었던 것도 아니었다. 그랬는데, 왜… 거기까지 생각이 미치면 더욱더 난해하다. 수습이 되지 않는다. 어쨌거나 남편이 다른 여자를 가졌다는 사실은 결국 설옥이 빌미를 제공했다는 사실과도 맞닿아 있었을 것이었다. 아니라고 부인하고 싶지도 않다.

"뭘 그리 골똘하게 생각하노? 니도 화장실 갔다 온나. 화장실이 완전 아방궁이다."

덕희는 어느새 주문한 커피까지 들고 와, 테이블 위에 놓는다.

"아까 다녀왔어. 진짜 인테리어가 잘 되어 있길래 놀랐어."

"난 한 시간에 한 번은 들락거려야 된다, 이제 그 나이가 됐다 아이가."

"그러면서 나더러 사랑을 하라는 거야?"

"뭐라카노? 사랑하고는 전혀 별개의 문제다. 사랑의 싹이 트면 얼마나 위대한 힘이 발휘되는지 모르나? 내가 멋진 화가 한 사람 소개해 줄까?"

"힘 빠지는 말 좀 하지 마. 수십 년 동안 각자의 삶을 살다가 폭삭 늙어 버린 할아버지 할머니가 이 나이에 만나서 무엇을 할 수 있을까요?"

"하긴… 돋보기 끼고 서로 때가 꼬질꼬질하게 낀 등 긁어 주는 맛으로 사는 기 부부긴 하지… 함께 보낸 세월이 있긴 있어야 하지만…"

"커피 맛있어. 강남하고 비교해도 손색이 없네."

"지방 무시하지 마라. 요새는 인터넷으로 온 세상이 다 연결되어 있어서 게으르고 복 없는 놈들만 뒤로 걸어가다 탁, 자빠져서 거기가 탁, 부러진다 아이가."

"거기? 호호호…"

"너랑 한 두 밤 자고 갈 끼라꼬 통보해 놨다. 잘 위로해 주고 오라 카더라. 요샌 제법 가슴 속이 뭔가로 꽉 채워진 사람같이 보이네. 지도 인제 딱 석양에 도착해 본께네, 저만큼 남은 길이 또렷하게 보이는 갑더라."

"그런 남편이 어딨어. 공부시켜 줘, 유학 보내 줘, 화가 만들어 줘… 뭘 더 바래?"

"그러게. 그게 결혼의 덫이었다는 걸 몰랐던 기 순진했던 기지."

"덫이라니… 믿고 기댄 언덕이었지."

"맞따. 근데 니도 인자 개안체? 얼굴색은 맑아 보인다. 니 걱정, 진짜 마이 했따."

"고마워. 너 아니었음 어떻게 견뎠을까."

"그런 소리 하지 마라. 내가 도움 준 게 뭐 있다꼬. 다 니 스스로 극복한 기지."

"… 진짜로 네가 있어서 힘이 났어… 근데, 덕희야…"

"와."

"이상한 일이 있었어."

"무슨 일?"

덕희의 인상이 굳는다.

"… 사람을 찾았어."

"누구?"

"저…"

설옥은 차마 그 이름을 말하지 못해 머뭇거린다.

"… 누군데?"

덕희의 이마에 주름이 깊게 패인다. 중요한 이야기다 싶을 때 그녀에게 생기는 버릇이다. 덕희는 설옥이 말을 꺼낼 때까지 조용히 기다린다. 창밖, 바다 먼 곳에 꽤 오래 시선을 고정시켰던 설옥이 입을 연다.

"있잖아, 그 사람…"

"…"

덕희는 그 사람이 누구냐고 더 묻지 않는다. 설옥이 말하는 그 사람을 너무나 잘 알고도 남음이 있기 때문이다.

"네이버 검색으로… 일 분도 안 걸리더라. 사십 년 가까이 소식 하나 모르던 사람이 눈 깜짝할 사이에 찾아진다는 게 너무 충격이고, 놀랍고… 나도 내 눈을 의심했어. 원망의 감정이 로켓 발사속도보다 더 빠르게 확 솟더라. 어떻게 이런 일이 있을 수 있니."

"네이버에? 언제?"

"자꾸 우울한 기분이 들고 …집 안은 절간 같고… 행여나 하는 마음으로 이름을 쳐 봤어. 진해 내려오기 얼마 전에."

"그래? 연락처도 있더나?"

설옥이 고개를 끄덕인다.

"네이버에 떠 있을 정도면, 현재 제법 괜찮을 일을 하고 있다는 뜻이네. 아무나 네이버에 뜨는 건 아니니까. 야아… 이게 무슨 일이고?"

"… 날 배신하고 다른 여자와 결혼해서 지금까지 잘 산다 싶으니까, 새록새록 복수심 같은 게 치밀면서 잠이 오지 않았어. 만날 수 있다면 꼭 한번 만나서 물어보고 싶어. 그때 어떻게 그럴 수가 있었느냐고… 얼마나 대단한 여자를 만났 길래 길거리에 나뒹구는 낙엽 밟듯이, 날 밟아 버리고 사라져 버릴 수 있었느냐고."

세월이 흘러가면서 설옥은 바스락거리면서 부서지는 낙엽을 볼 때마다, 꼭 자신의 모습을 보는 것 같아 지독한 가슴앓이를 했었다.

"우짜노… 니 맘속이 아직도 그렇게 빙하 같아서…"

"… 아니야, 그런 건… 내 인생이 그 사람 때문에 뒤틀렸다고 그저 맹렬하게 탓하고 싶은 거지. 사람은 자신한테 닥친 나쁜 상황을 벗어던질 핑계 거리가 필요하잖아… 그 사람은, 잘 살아왔겠지."

"혹시 아나? 서 대위, 아직 결혼도 안 하고, 윤 설옥이를 평생 그리워하면서 혼자 고독하게 지내고 있을지."

덕희의 말에 설옥은 엷은 미소를 문다.

"잔인하게 날 걷어차 버리고 떠난 사람이, 결혼도 안 하고 혼자 살고 있을 거라고? 다른 여자와 결혼하기 위해 날 버린 건데?"

"무슨 피치 못할 사연이 있었는지도 모른다. 확인을 할 수 있었던 것도 아니고… 만약에 아직도 독신으로 있다 카모 만나볼 의향은 있나?"

설옥은 덕희한테 속마음을 노출시킨 것 같아 은근히 신경이 쓰인다.

"그럴 리도 없겠지만, 지금 그 사람을 만나서 어쩌겠어. 서로 알아보지도 못할 거야. 그렇지만 만나게 된다면… 실컷 패 주고 싶어."

사실 네이버에서 찾아낸 그 얼굴도 많이 변해 있었다. 처음엔 서 대위를 너무나 닮은, 나이 먹은 다른 사람이라고 생각했지만, 그가 분명했다. 설옥은 거울 속에 자신의 변해 버린 얼굴을 비춰 보고 또 비춰 보면서, 그는 나를 알아보기나 할까, 따위의 생각을 하루에도 몇 번씩 곱씹었다.

"못 알아 볼 리가 있겠나. 니를 보는 순간, 한눈에 딱 알아보고, 그 자리에서 굳어 버릴 끼다. 서 대위, 억수로 감성적인 남자였다 아이가."

"감성적인 남자가 그런다니? 앞뒤가 다른 그런 인간이 무슨 군인이야. 하얀 해군 제복을 멋지게 갖춰 입고, 다른 여자들한테도 얼마나 허풍을 떨었을까."

"니, 꼭 며칠 전에 헤어진 남자 이야기하는 것 같네, 정신 좀 단디 가다듬어라."

덕희의 말에 설옥은 머리를 한 대 맞은 것 같다.

"내 꼴, 웃기지? 남편 떠나보내고 이렇게 마음껏 다른 남자 이야기를 다 하고… 모르겠어. 어디를 바라보면서 살아야 하는지…"

혼란이 설옥의 마음을 사납게 흔들어댄다.

"쓸데없이 도덕적이어야 할 필요는 없는 기다. 세상이 달라졌는데… 그냥 니 마음이 가는 대로 가면 되지. 숨기지 말고… 서 대위 만나도 보고… 내 같으모 벌써 휴대폰 눌렀다. 뭣 땜에 인내심을 발휘하고 있는 건데?"

"연락… 해도 될까. 날 기억은 할까?"

"뭐라카노, 서 대위는 창자가 다 녹아내리고 있따 카더라!"

말을 툭 뱉아 놓고 덕희는 실수했다 싶다. 설옥도 덕희의 언어들이 조금 이상하게 느껴졌는지 그녀의 눈빛에 시선을 고정시킨다.

"지금 내가 뭔 소리를 나불대고 있노? 하, 요 교양 있는 입술 너무 함부로 놀리다가 일낼 끼다 그자? 그 옛날에 서 대위가 그랬을 끼다, 그 말이다. 니는 무슨 근거로 서 대위가 딴 여자 땜에 니를 버릿다꼬 못을 박노. 우리가 몰랐던 다른 일이 있었을 수도 있는데."

"어쩔 수 없는 이유가 있었더라도 이제 와서, 그런 사연들이 다 무슨 소용이야? 이미 인생은 다 흘러가 버렸잖아. 모르겠어. 제발 과잉 해석 좀 하지 마. 옛날에도 곧잘 서 대위 편 들었으면서."

"옴마야, 그건 니가 워낙 까다롭게 군께네, 서 대위가 니 마음을 못 얻는 기 안타까워서 그랬던 거 아이가. 너거 두 사람 싸우고 나모, 내가 중간에서 얼마나 마이 연결해 줏노? 기억 안 나나? 싸우고 헤어지는 즉시, 두 사람 다 뻔질나게 내한테 소식 물어봤던 거."

"어… 호호… 지금 생각하면 참 철이 없었어."

"니하고 연락이 안 되모, 서 대위가 훨씬 더 안절부절 못했따! 니한테 전해 주라꼬 편지를 하루에도 두, 세 통씩 써 갖고 내 화실에 들고왔었다 아이가. 옛날에 너거 둘이 연애하던 장면들이 바로 어제 일 맹크로 번쩍번쩍 하네."

"… 바람이 심하게 부는 날은 이상하게 생각나기도 했어. 그리움 같은 것이 어느 구석진 곳에 웅크리고 있다가 바람 속에 섞여 불쑥 나타나서, 사람을 멍하게 만들기도 했고. 무슨 낌새를 느꼈는지 남편은 때때로 나더러 이방인 같다고… 낯설고 멀어서 처음 본 여자와 사는 것 같다고…"

"근데, 세호 아버지, 여자가 있었다 카는 건 우찌된 사실이고? 철두철미한 사람이었다 아이가. 만약에 여자를 숨겨 두었다 캐도 쉽게 들킬 사람도 아니었을 낀데."

"절대 안 들킬 사람이지. 컴퓨터보다 더 정확한 사람이었지. 결혼생활에 대한 내 생각과 남편의 생각이 서로 다른 곳을 보고 있었던 게 문제였겠지. 그렇지만 그 부분을 해결해야 된다는 생각을 하지 못했어, 그저 그러려니 하면서 미심쩍은 부분들을 자꾸 뒤로 미루면서 지나가 버린 거지. 그런데 어느 날, 남편의 여자가 날 찾아왔더라. 남편을 버려야 할 그만큼 확실한 이유가 어디 있니."

설옥은 지금에서야 몸이 수천 미터 아래로 추락해 버린 것 같던 그 일을 조금은 먼 시선으로 바라볼 수 있다. 속옷에 묻은 먼지까지 다 털어내 보여도 괜찮은 친구 앞이라서 그런가.

"부부싸움 하고 집 나갔다가 그런 사고가 났다 카는 기 안 믿어지더라. 세호 아버지하고 니하고 지금까지 그런 모습으로 지냈다 카는 것도 믿기지 않았고… 남의 부부 사이를 우째 아노. 잘 모르긴 했지만, 내가 보기엔 꽤 괜찮은 남편이었거든. 세호 아버지 떠나고 니가 무지하게 휘청거리는 건 세호 아버지를 많이 사랑해서 그런가 보다, 라고만 여겼지. 두 사람 사이에 내가 모르는 문제들이 그렇게도 엄청나게 쌓여 있었다는 건 짐작도 못했다. 남들은 절대로 모르는 기 부부 사이라 카더만은."

설옥은 조용히 듣고만 있다.

"숙소, 오데다 정했노? 그리 가서 편하게 드러누워 갖고 이바구 양껏 풀자."

"… 어, 제덕항에 세호가 예약해 놓은 호텔인데, 하룻밤 자 보니, 주변 경관이 답답함을 펑 뚫어 줬어."

"그래? 거기 골프장 부근에 멋진 데 있다꼬 소문 마이 났더만은 거긴가베."

속천항을 천천히 빠져나가 두 사람은 숙소로 향한다.

숙소는 속천항에서 그리 멀지 않은 곳에 자리를 잡고 있다. 룸 안으로 들어서자마자 두 사람은 샤워도 하지 않은 채,

침대 위로 몸을 던진다.

"여기 시설이 좋아서 바퀴벌레 한 마리도 니 말 엿들으러 못 오것따! 아무 걱정하지 말고 입이 비뚤어질 때까지 밤새도록 수다 떨어도 상관 없겠다 그자."

덕희의 푸근하고 넉넉한 말솜씨가 설옥의 입을 열게 한다.

2019년 겨울. 날이 혹독하게 추워지고 있었다. 외국에서 온 손님 때문에 저녁 약속이 갑자기 잡혔다는 남편의 연락을 받고 설옥은 백화점으로 차를 몰았다. 해마다 결혼기념일을 특별하게 챙겨서 단둘이 오붓하게 외식을 했던 적도 없었지만, 혼자 저녁을 먹을 생각을 하니 오늘따라 외로움이 더 짙었다. 결혼기념일이라고 남편이 일주일 전부터 미리 계획해 놓았던 약속이었는데, 결국 평소에 하던 각자의 일정대로 돌아가 버린 것이었다. 이렇게 된 결과가 그다지 서운하지도 않았다. 하지만 다른 때와는 달리 속이 텅 비는 느낌을 떨칠 수가 없었다. 나이를 먹어서 그런가. 아침 일찍 세호의 전화마저 없었다면, 쓸쓸함이 한층 더 깊었을 것이다. 아들이 이번 결혼기념일을 살뜰히 챙겨 준 것이 다른 때보다 유난히 고맙게 느껴졌다.

'어머니, 아버지, 두 분 결혼기념일 축하드립니다. 꽃은 어머니 퇴근 후, 집에 도착할 시간에 배달해 달라고 웃돈까지 얹어 주고 부탁해 놓았어요.'

누굴 닮아서 저리 섬세한 거야… 아들의 전화 목소리만 들어도 허허로운 얼음판 같던 감정들이 녹아내리곤 했다. 사실 남편과의 관계도 데면데면한 거리를 좁혀 보려고 한동안은 노력이라는 걸 쏟아 보기도 했었다. 한 침대를 쓰는 동안엔 샤워 후, 남편이 좋아하는 향수를 뿌려 보기도 했고. 때때로 침대 위에선 남편이 요구하는 체위로 잠자리에 응했던 적도 있었다. 하지만 그런 행동들이 남편과의 사이에 벌어져 있던 간격을 좁혀 주진 못했었다. 그저 일정하게 거리가 유지되고 있다 싶어야 마음이 편했고, 그런 관계가 지속되고 있는 것을 남편 역시 별다른 불만 없이 수긍하고 있는 눈치였다. 그럭저럭 흘러가는 세월 속에 그렇게 헐겁게 묶여 마지막까지 걸어가게 되겠지, 결혼생활이란 게 그런 거겠지, 라는 생각으로 지내 왔었다.

지하 4층 주차장에 차를 세워 놓고, 엘리베이터를 타고 올라가는데, 지하 2층에서 문이 열렸다. 타려는 사람이 보이지 않아 닫힘 버튼을 눌렀다. 문이 닫히기 시작하자, 급히 달려오는 발자국 소리가 들렸다. 재빨리 열림 버튼을 눌렀으나 소용없었다. 문이 채 닫혀 버리기 직전. 좁은 문 틈 사이로 남자와 여자의 모습이 보였다. 순간, 설옥의 눈에 보였던 남자가 너무 낯이 익은 듯해서 놀라지 않을 수가 없었다. 닮은 사람이겠지, 그렇겠지, 설마… 닮은 사람일 것이다.

쇼핑을 하는 내내 설옥은 몸 따로 마음 따로였다. 따라가 보는 것이 옳았다는 생각이 자꾸 조바심을 불러왔고, 시장기는 조금도 느껴지지 않았다. 뱃속에선 꼬르륵 소리가 계속 흘러나왔다. 햄버거 코너로 들어가, 새우 버거를 주문해서 반쯤 먹다가, 나머지를 휴지통에 버린 후, 집으로 향했다. 아파트 현관 앞에는 세호가 보내온 큼지막한 꽃바구니가 은은한 향기를 내뿜으며 설옥을 기다리고 있었다. 피처럼 붉은 장미꽃을 보자 코끝이 찡했다.

남편은 새벽녘에야 들어왔다. 바이어들이 모두 주량이 보통이 아니라서 죽을 맛이었다고 투정을 늘어놓았다. 술 냄새가 전혀 나지 않길래 같이 마시지 않았느냐고 물어보았다. 접대하는 사람은 금주가 기본 자세라서, 술은 당치도 않다는 친절한 설명까지 곁들였다.

"바이어 중에 여자도 있어요?"

그렇게 물었다.

"여자? 당연하지."

"젊은 여자도요?"

"요즘 젊은 여자들, 남자 뺨칠 만큼 똑똑하잖아. 근데 갑자기 내 일에 관심을 갖는 특별한 이유라도 있어?"

"… 그냥 내 나이가 너무 많다 싶네요."

남편은 별다른 반응 없이 자신의 방으로 들어갔다. 저 뒷모습은 앞뒤가 똑같은가를 되새김질하면서 설옥은 닫힌 남편의 방문을 한참 동안 바라보았다.

일주일 후, 퇴근 무렵 낯선 목소리의 전화를 받았다. 휴대폰 저편의 나지막한 여자 목소리가 어쩐지 일상적으로 와닿지 않았다.

"저… 이 상우 전무님을 잘 아는 사람인데요."

"네, 그런데요?"

"사모님 되시죠?"

다른 여자의 입에서 남편의 이름이 흘러나온다는 건, 적어도 예사로운 일은 아닐 것이라는 촉이 의식 한 곳을 푹, 찔렀다.

"그렇습니다만…"

"꼭 뵙고 싶어서 전화 드렸습니다."

"저를, 무슨 일로?"

"만나 보시면 알게 될 겁니다.'"

"글쎄요, 제가 좀 바쁜 일이 있어서요."

"꼭 뵙고 싶어요, 꼭요. 지금 저 사모님 학교 근처 안개 카페에 와 있어요. 오실 때까지 기다리겠습니다."

여자가 일방적으로 전화를 끊었다. 순간, 결혼기념일이었던 날 밤 백화점 엘리베이터에서 보았던 남자와 여자의 모습이 눈앞에 활짝 펼쳐졌다.

설옥은 다들 퇴근한 교무실에 앉아서 한 시간을 지체하다가 나갈 준비를 했다. 만날 결심을 하고 나니, 오히려 마음이 가벼워졌다. 몰래 사귀고 있는 유부남의 아내에게 용감하게도 만나자는 연락을 해 왔다면 상식을 한참 벗어나 있는 여자일 것이 분명했다. 말을 들어보나마나 둘 사이에 끊어 내지 못할 무슨 대단한 역사가 있으니, 이혼해 달라는 따위의 이유를 갖다 댈 것이 자명했다.

멀리서 봐도 여자는 어려 보였다. 설옥이 천천히 걸어가자, 자리에서 재빨리 일어나 설옥이 다가오기를 기다렸다.
"앉으세요."
설옥이 여자의 맞은편에 앉으며 말했다.
"… 차는 어떤 걸로?"
"아메리카노."
여자가 빠른 걸음으로 주문을 하고 와서, 고개를 푹 숙인 채로 자리에 앉았다. 이 여자와 마주앉아서 무슨 말을 주고받아야 하는지, 예상했던 것보다 훨씬 더 남루하고 초라한 감정들이 줄을 서서 몰려왔다.
"무슨 일로…"
"… 저, 이 상우 전무님과 알고 지내는 사람입니다."
"… 그런데요."
"…오래됐어요, 전무님을 만난 지."
"… 그래서요."
"… 그냥, 무작정 뵙고 싶었어요. 사모님께 죄를 짓는 일인 줄은 알고 있지만…"

설옥은 곤혹스러웠다. 미리 짐작은 하고 있었지만, 그래도 이건 너무 앞뒤 가리지 않은 행동이다 싶었다.

"나를 왜…"

"…저…"

깍지 낀 두 손을 풀고, 손톱을 만지작거리고 있던 여자는 결심이 선 듯, 고개를 똑바로 들고 말했다.

"저, 전무님을, 사랑하고 있어요."

입술의 떨림을 들키지 않으려는 듯, 여자는 콜록콜록 헛기침을 했다. 설옥은 멍한 시선으로 그 여자를 바라보았다. 아, 저런 모습이 사랑일 수도 있구나… 떨리고, 두근거리고, 차마 토해 내지 못하는 말들을 혼자 삭이면서 감당하기 어려운 환란 속으로 빠져들어 버리는 것.

"그동안 헤어지려고 무척 노력도 했어요. 만나고 싶은 걸 참느라, 제 손가락을 수없이 찔러 대면서요. 사모님께 도리가 아니라는 건, 잘 알고도 남아요. 저도 여자잖아요. 근데 아무것도 할 수가 없었어요. 헤어지려고 모질게 마음 먹고 참다가 결국 약까지 먹었는데… 죽어지지도 않았어요. 다 잊어버리고 편안하게 잠들고 싶었지만… 헤어진다는 게 이렇게 힘든 일인 줄 몰랐어요. 정말… 죄송합니다… 아무래도 제가 큰 병을 앓고 있는 것 같아요. 어릴 때, 사랑을 못 받고 자랐거든요. 그래서 마음을 준 사람과의 이별이 저한테는 죽음보다 더한 공포예요. 늘, 부족한 환경에서 살았어요.

사랑을 받는데 목말라 있었고… 그 때문에 좋은 사람을 만나서 화목한 가정을 꾸리는 것이 저의 소원이었어요. 그게 무슨 대단한 꿈도 아닌데… 콜록, 콜록…"

진동벨이 울리자 여자가 재빨리 커피를 들고 와 설옥 앞에 놓아 주었다. 자신은 두 잔째라고 하면서 자리에 앉아 아메리카노를 홀짝거렸다.

"할 이야기가 아직 많은가요?"

"네, 저… 미안합니다…"

여자는 다시 고개를 떨구었다.

"우리가 또 만날 일은 없을 거예요. 그러니까 하고 싶은 말, 지금 다 해요. 내가 이 자리에 나온 건, 이야기를 꼭 들어줘야 할 피치 못할 사정이 있을지도 모른다고 생각했기 때문이니까."

결심이 선 듯, 여자가 고개를 다시 치켜들었다.

"전무님과… 헤어져 주세요!"

"…"

설옥은 비 맞은 새처럼 파르르 떨면서 하얗게 질려 있는 여자를 응시했다.

"애정 없는 결혼생활, 그만 정리하는 게 맞지 않아요? 전무님도 항상 그렇게 말했어요. 아내하고는 그저 겨울 거리에 서 있는 나목처럼 살고 있다고… 아내는 사랑 같은 거 모르는 고비 사막 같은 여자라고."

고비 사막… 이 여자는 무엇을 믿고 이리도 제멋대로 남의 인생을 박제하려고 덤벼드는 것일까. 사랑하고 있다는 사실 하나만으로 이토록이나 용감한 행동을 저질러도 된다고 믿는 것일까. 설사 남편과 주고받은 은밀한 시간들이 있었다 할지라도 그런 이유를 들이대며 헤어져 달라는 요구를 눈 하나 깜짝하지 않고 해대다니.

"고비 사막… 그 말이… 우리를 이혼시킬 수 있다고 믿나 봐요."

"모래가 끝없이 펼쳐져 있는 고비 사막을 전무님과 함께 여행했었어요. 그때 저한테, 넓고도 넓은 고비 사막을 지치지 않고 걷는 낙타가 되어 달라고 말했어요. 우리는 그 용광로처럼 뜨거운 고비 사막에서 죽어도 헤어질 수 없을 만큼, 서로 뜨겁게 사랑하고 있다는 걸 확인했어요. 전무님은 사모님을 사랑하지 않아요. 사랑 없는 결혼생활을 습관적으로 계속 반복하는 건 모래 바람보다 더 허무한 일 아닌가요? 전 사모님이 더 이상 다치지 않길 바랍니다."

할 말이 없었다. 더 이상 다치지 않길 바란다는 여자의 말이, 설옥의 목을 지긋이 눌렀다. 입술이 얼어붙어 단 한마디도 뱉을 수가 없었다.

"제가 심했다는 거 잘 알아요… 죄송합니다. 하지만 전무님을 하루라도 보지 않으면 무덤 속에 파묻혀 버린 것 같아요."

"…"

남편을 향한 증오보다 더욱 더 설옥을 피폐하게 만드는 건, 누군가에게 이런 말을 듣기에 충분할 만큼, 지붕이 펑 뚫린 결혼생활이었음을 자인해야 한다는 사실이었다. 정확했다. 그래서 반박할 수가 없었다. 아무 말도 하지 않는 침묵의 시간을 꽤 오래 견뎠다. 입술이 바짝 타들어 갔다. 목 안이 갈라지는 듯한 지독한 갈증이 침범했다. 치솟는 마른기침을 주체하지 못하자 여자가 달려가서 냉수를 떠왔다. 물을 들이키는 중에 여자가 확인 사살 하듯, 말을 뱉았다.

"우린, 곧 아이를 가질 계획이에요."

카페 밖으로 나오자, 수 년째 갚지 못하고 있던 묵은 빚을 갚아 버린 홀가분한 마음이었다. 냉정하고 차갑고, 손 뻗을 수 없이 멀리 있던 사람이라고 항상 불만을 토로했던 남편이 몰래 여자를 숨겨 두고 있었다? 이제 미안해 할 이유가 없어졌다. 언제부터였는지, 몇 살인지, 궁금하지도 않았다. 아, 해방… 설옥은 자신의 몸을 촘촘하게 묶어 놓았던 오랏줄이 스르륵 토막 나 버리는 기분을 감촉하며 차에 올라, 발끝에 힘을 최대한 실어 액셀러레이터를 밟았다.

학교에 사표를 내고 며칠 여행을 하리라 결정한 후 설옥은 가능한 한 서울에서 멀리 떨어지고 싶어 통영까지 차를 몰아왔다. 아름다운 드라이브 코스로 알려진 바닷길 산양일주도로를 지나 예약했던 E 리조트에 도착한 설옥은 급작스럽게 이런저런 짐을 풀어놓던 와중에, 그 책을 챙겨 왔다는 사실이 아무리 기억을 돌이켜봐도 신기했다.

자신도 모르게 의식 속에 항상 존재하고 있었던 것인가 싶기도 했다. 몰래 여자를 만나고 있는 남편을 생각하면 소름이 돋았다. 바보 멍청이처럼 이걸 지금까지 보관하고 있었던 것이 화근이었다고 속으로 중얼거리던 설옥은 가져온 책을 멀뚱히 바라보았다. 민규에게 선물 받았던 『이방인』이었다. 책을 열어 보니 갈피에 깨끗하게 접힌 편지 몇 장이 들어 있었다.

그중의 한 장을 집어 들었다. 펜글씨로 또박또박 써 내려간 민규의 글씨였다. 몹시 색이 바랜 오래된 편지지였고, 편지지엔 하염없이 흘러가 버린 세월의 흔적이 고스란히 물들어 있었다. 설옥의 눈이 천천히 글씨를 따라 내려갔다.

🪶 그리운 설옥씨.
목발이 필요 없어져서 오늘은 수중 훈련도 거뜬히 했습니다. 다가오는 토요일 7시 흑백다방에서 기다리겠습니다. 첫 만남이었는데, 너무 심한 결례를 저질렀으니 만회할 기회를 주십시오.
군항제가 끝났어도 중원 로타리와 진해 시가지 곳곳

엔 아직 벚꽃이 가득합니다. 어여쁜 세라복 여고생들과 함께 시를 읽는 설옥씨를 떠올리면, 아무리 힘든 훈련일지라도 고되지 않습니다.

한 사람을 알게 된 것이 이렇게 굉장한 환희의 묘목을 심는 일인 줄은 미처 몰랐습니다.

저에게 새로운 역사가 시작되었습니다.

서 민규 대위 드림.

설옥은 편지지를 코에 갖다 대고 킁킁거려 보았다. 편지지에 물들어 있는 오래된 종이 냄새가 코끝에 잡혔다. 너무 멀리 밀려와 버려서 아득했지만 마음 한편에 이런 추억이라도 간직하지 않았다면, 살아온 세월이 얼마나 암담했을까 싶어서 대위의 편지를 계속 읽었다. 어느 햇볕 따스한 날에, 남편한테 담담하게 이 편지를 읽어 주고 싶었던 적도 있었다. 아무런 말도 없이 집을 나가 버린 아내의 행방을 궁금해하기나 할까. 여태 전화도 문자도 없는 걸 보니, 남편은 여자로부터 모든 이야기를 전해 듣고 앞으로의 일을 서로 의논하고 있을지도 몰랐다. 그런 생각이 들자, 모멸감을 참을 수가 없었다. 서로 각별한 애정을 가졌던 사이는 아니었을지라도 30년을 함께 살았는데, 이런 결말을 맞게 한다는 건 도저히 용납이 되지 않았다. 남편은 쓸데없는 말을 하지 않는 과묵한 성격이었다. 자신의 자리를 분명하게 지키면서, 흐트러짐 없이 살아가는 생활 방식에 별다른 불만은 없었다. 특히 아들 세호에 대한 애정이 각별했으므로 마누라와 자식 몰래 여자를 가졌다는 사실을 꿈에라도 생각해 본 적 없었다. 겉으로는 별 무리 없이 조용하게 흘러갔던 일상 뒤에서 남편은 혼자만의 성 안에 다른 여자를 들여서 살고 있었다.

  다음 편지 한 장을 펼쳤다.

  🖋 서 대위님께.
  편지 잘 받았습니다. 다친 데가 다 나아서 힘든 훈련도 받으신다니 그동안의 불안함이 봄눈처럼 녹습니다. 다가오는 목요일은 저희 학교 소풍날입니다. 육군 39사단으로 가는데, 혹시 해군사관학교로는 저희들 소풍이 가능하지 않은가요? 만약 허락된다면 다음 소풍 때는 멋진 바다 사나이들의 훈련 과정을 보게 되는 것도 퍽 의미가 있을 것 같습니다. 빠른 답장 기다리겠습니다.

윤 설옥 드림.

서 민규에게 부친 편지 같은데, 여러 장 고쳐 썼던 것 중에 남아 있었던 모양이었다. 그에게 잘 보이려고 애썼던 마음이 숨김없이 드러나 있었다. 하긴 첫눈에 반짝이긴 했었다. 아무도 가져가지 않고 남아 있던 하얀 손수건을 선택하면서, 속으로 만년필을 택하지 않은 것을 후회했었다. 왠지 만년필의 주인공이 그였을 것 같은 느낌이 들어서였다. 조금 후, 하얀 손수건의 주인이 서 대위라는 게 확인되자, 설옥은 안도했다. 그날 미팅에 나온 남자들 중에 가장 큰 키의 잘생긴 서 대위에게 모든 여자들의 관심이 집중되었기 때문이었다.

후후… 속웃음을 지으며, 숙소 바깥 산책길에 나섰다. 숙소 정원에서는 수려한 경치를 뽐내는 통영 바다가 한눈에 내려다보였다. 무작정 나섰던 길이었는데, 굳이 통영으로 차를 몰았던 이유가 이제야 슬그머니 감지되었다. 통영도 서 대위와의 추억이 서려 있는 장소였다. 그와의 지나간 추억을 되돌려 보는 것이 싫지 않았다. 끝까지 가지도 못했던 실패한 사랑이었지만, 그 추억이 없었더라면 남편을 향했던 맹렬한 분노를 다스리기 힘들었을 것이다. 폐쇄된 창고 속에서 깊은 잠에 빠져 있었던 추억의 날들이 이토록 선명한 힘을 지닐 수 있다는 사실이 한편으론 구원의 느낌도 갖게 했다. 산책길 중턱에는 통영 바닷물을 끌어올려서 조성된 수영장이 있었다. 수영장 주변에 놓인 벤치에 등을 기대고 앉자, 수영장 물 위로 또다시 한 장면이 떠올랐다.

비포장도로를 달리느라, 멀미가 났다. 서 대위가 준비해 온 멀미약을 미리 먹긴 했지만 울렁거림이 가라앉진 않았다. 마산 시외버스터미널에서 버스를 타고 두 시간쯤 달려온 길이라 버스에서 내리자마자 설옥은 멀미가 치솟아 어찌 할 바를 몰랐다.

"길이 너무 꼬불꼬불했죠? 이렇게 심하게 멀미하실 거라 곤 생각도 못했습니다. 제가 무리하게 코스를 잡은 것 같습니다. 통영에 꼭 함께 오고 싶었던 욕심에 제 생각만 했군요. 잠시 이쪽을 좀…"

서 대위가 쪼그리고 앉은 설옥의 등을 지긋이 누르며 압력을 가하자, 신기하게도 구역질이 조금씩 사라지는 것 같았다. 잠시 그러고 있는 사이, 진짜로 구역질이 사라졌다. 설옥이 일어서자 서 대위가 슬며시 오른쪽 팔을 벌려 주었다. 그의 팔짱을 끼고 조금씩 걷기 시작하면서부터, 언제 멀미를 했던가 싶게 기분이 점점 맑아졌다.

"진짜 신기해요. 멀미가 다 나은 것 같아요."

"하하하… 그게 바로 사랑의 힘입니다."

"호호… 저도 통영엔 꼭 한번 와 보고 싶었어요. 한산섬 달 밝은 밤에 수루에 홀로 앉아, 그 수루가 한산도에 있잖아요."

"큰 칼 옆에 차고 깊은 시름 하는 차에, 어디서 일성호가는 남의 애를 끊나니… 이순신 장군은 우리 해군이 나아갈 지 표입니다. 한산도에 가 볼까요? 배 시간은 미리 알아 놨어요. 유람선 선착지로 가서 표부터 끊고 스케줄을 잡으면 될 것 같습니다."

"네, 좋아요."

설옥은 팔짱을 낀 팔에 더 힘을 주었다. 서 대위가 활짝 웃었다. 희고 고른 치아까지도 마음에 쏙 들었다. 만남의 횟수가 거듭될수록, 그를 향해가는 설레임이 점점 더 부피를 넓혀 갔다.

통영 해양박물관 근처에 있는 숙소는 평일이라 투숙객들이 많지 않았다. 한적한 분위기 탓인지 무거운 적막이 기분을 가라앉혔다. 힘을 내야지, 라고 중얼거리며 식당과 카페, 편의점 위치를 알아 놓고, 숙소 뒤편 야산 정상에 있는 전망대로 올라갔다. 한려수도의 비경이 사진을 찍어 걸어 놓은 듯 고요했다. 남편하고는 한 번도 단둘이 여행을 갔던 적 없었다. 진짜 그랬던가 싶어 아무리 돌이켜봐도 기억나는 장면이 없었다. 그런 생활이 이상하다고 느꼈던 적도 없었다. 요즘 세상에 이런 부부가 다 있느냐고 남들은 괴이하게 여길지도 모를 일이었다. 그러나 그것이 남들 사는 것처럼 그저 별 탈 없이 살아가는 것이라고 믿었다. 억지로 계획을 세워 추억 같은 걸 쌓아야 할 필요도 느끼지 못했다. 서로 그랬다. 살림을 하면서 직장생활을 병행한다는 것이 설옥에게도 쉽지만은 않았고, 남편은 남편대로 진급이다 뭐다 해서 시간을 내기 힘들었다. 그러는 동안 무엇보다 세호가 반듯하게 잘 자라 주었으므로, 위기를 초래할 만한 의견 차이를 보일 틈 없이 그저 무난하게 흘려보냈던 일상이었다. 그것이

함정이었다면, 인생은 대체 어느 나침반을 보고 항로를 정해야 하는가. 나하고는 한 번도 가지 않았던 여행을 그 여자와? 그 여자와 단둘이서 끝없는 고비 사막을? 비명 같은 한숨을 삼키던 설옥은 전망대에 비치되어 있던 망원경으로 섬 곳곳을 살펴보다가 휴대폰 울리는 소리에 동작을 멈추었다.
"어, 아들."
"어디세요? 갑자기 사표까지 내시고, 어디로 떠나신 거예요? 아버지한테 아무 말도 안 하셨다면서요? 두 분 다투셨어요? 엄마가 여행 간다는 메모만 달랑 남겨 놓고 나가 버렸다고 걱정을 태산같이 하고 계세요."
"… 아버지가 걱정을?"
"당연하죠, 저한테 어머니하고 연락되면 집으로 빨리 오시게 하라고 여러 번 당부하셨어요. 두 분, 무슨 일 있으신 거예요?"
"니 아버지, 내가 왜 이러는지 다 알고 있어."
"그럼 함께 떠나서 화해를 하셔야죠. 지금은 두 분이 손 꼭 잡고 다니셔야 할 시기잖아요. 아버지가 어머니 속 끓였어요? 저한테 말씀해 주세요. 전 언제나 어머니 편입니다."
"니 아버지… 지금까지 내가 알던 사람이 아닌 것 같아… 며칠 정리 좀 하고 나서 올라갈 거야. 걱정하지 마."
"… 무슨 일 있으셨군요…"
세호는 말이 없었다. 설옥도 아무 말하지 않았다. 휴대폰이 끊겨 버렸나 싶을 만큼 말 없는 상태가 지속되었다.

"내일 금요일이니까, 일과 마치고 숙소로 가겠습니다."

세호가 먼저 입을 열었다. 목소리가 침몰한 배처럼 푹 가라앉아 있었다. 세호가 예감하고 있는 그 일이, 절대로 그 일만은 아니기를 바랬다.

"안 와도 돼."

"어머니… 저… 알고 있습니다."

세호의 풀기 없는 목소리에 설옥은 휘청했다. 아들과 이런 대화를 하게 될 줄은 정말 몰랐다

"… 아니야, 그런 거…"

"어머니 아픔이 크실 거라는 거, 짐작하고 있습니다."

설옥의 뇌리 속에서 커다란 굉음이 뒤엉기고 있었다.

"… 오지 마. 시간이 지나면 어떻게 해야 할지 알게 되겠지. 넌 네가 할 일 잘 하면 돼. 그게 엄마 도와주는 거야."

"가겠습니다."

휴대폰이 꺼졌다. 이미 세호가 알고 있었다는 사실이 설옥을 한결 더 초라하게 만들었다. 아버지의 비밀을 알고 있었으면서도 모르는 척 속에만 넣어 두고 있었던 그 마음씀이 읽혀서, 굵은 소금으로 심장이 마구 짓이겨지는 것 같았다.

하얀 제복을 입은 건장한 사나이가 오솔길을 걸어 올라오고 있었다. 어두운 밤에 보아도 늠름함, 강인함이 한눈에 들

어왔다.

"어서 와."

"왜 나와 계세요 어두운데."

"아들 온다니까 설레서 방에 가만히 있을 수가 있어야지."

"… 우리 어머니, 마음 약해지신 건 아니죠?"

세호가 가까이 다가와서 설옥을 번쩍 안아 들고, 한바퀴를 돌았다.

"어, 어, 길이 구불구불해서 위험해."

"어머니! 사랑합니다!"

"어지러워. 어서 내려 줘."

세호가 설옥을 조심스럽게 바닥에 내린다.

"누가 어머니한테 저만한 아들이 있다는 걸 믿겠어요? 곱게 익어 가는 어머니만의 모습이 얼마나 아름다운지 모르시죠?"

"우리 아들, 말씀도 어쩜 이리 격조 높게 하실까, 어서 들어가서 저녁 먹자. 너 좋아하는 문어회 만들었어."

"야, 벌써 군침이 도는데요."

두 사람은 객실로 향했다. 객실 한쪽에 자리잡고 있는 식탁에는 분홍빛으로 잘 삶긴 문어회와 조개탕, 푸짐한 해산물들이 잔뜩 차려져 있었다.

"우와… 일부러 장을 보신 거예요?"

"아들한테 차려 주는 밥상, 너무 오랜만이지? 배고프겠다,

어서 먹자."

"어머니도 여태 안 드셨네요."

"같이 먹으려고 기다렸지. 먹어 봐. 엄청 싱싱해."

설옥이 문어회 접시를 세호 앞으로 가까이 밀어 주었다.

"예, 감사히 먹겠습니다."

말과는 달리 세호는 잘 먹지 못했다. 설옥도 썩 당기지 않는 식욕을 감추느라, 열심히 입속으로 음식을 밀어 넣는 동작만 반복했다. 모래를 씹는다는 표현이 이럴 때를 말하는가 싶었다. 남편을 향한 증오심을 꾹 삭이고 있지만, 멋대로 흩날리는 가시 돋친 감정의 파편들이 전적으로 남편 탓이었다고 공격할 마음은 없었다. 그랬으므로 그 여자가 등장했다는 사실이 지금까지의 결혼생활을 송두리째 부숴 버리는 단초가 되지도 않을 것이었다. 다만, 차분하게 되돌아볼 필요는 있다고 생각했다. 확실한 사실은 절대로 바닥까지 닿지는 말 것. 적어도 그렇게는 짚어 봐야 한다는 마음이 먼저였다.

밤이 이슥한 시간에 두 사람은 잘 가꿔진 숙소 정원을 나란히 걸었다. 세호가 벌려 주는 팔장을 끼고 걷자, 저만큼 앞서서 또다시 그 사람이 나타났다.

그와 함께 한산도 제승당 수루 위에 올랐던 기억이 너무나 생생했다. 지우려고 할수록 더 명료하게 설옥의 뇌리 속을 파고듦을 막을 방도가 없었다. 속으로는, 무수히 묻고 대답했다. 대체 그것이 무슨 잘못인가. 지나간 추억을 버리지 못했던 것이 어째서 죄가 될 수 있다는 말인가.
"혹시 어머니, 주무세요? 제 말도 못 들으시고."
세호의 장난스러운 목소리에 설옥은 얼른 기억을 멈췄다.
"미안, 내가 자꾸 딴생각을 하네… 우리 저기, 좀 앉을까."
여러 갈래의 정원 오솔길에는 군데군데 가로등이 자리 잡고 있었고 그 아래 벤치가 놓여 있었다. 밤이 깊어 버린 탓인지, 간혹 사람들이 보였다가도 이내 사라졌다. 세호가 쏜살같이 편의점으로 달려가 캔맥주와 땅콩을 사 왔다.
"어머니의 건강을 위해서!"
"대한민국 제일의 잠수 함장을 위하여!"
차가운 맥주가 속을 후련하게 만들었다. 그러고 보니 세호가 사관학교에 들어간 후로는 함께 마주앉았던 적이 별로 없었다. 자식은 대학생이 되면 그 길로 부모 품을 떠난다고 하더니, 세호도 이미 품을 떠나 있을 것이었다.
"무슨 작정을 하신 거예요?"
눈치를 보며 세호가 물었다.
"글쎄…"
설옥은 뭐라고 대답해야 할지 몰라 난감했다. 니 아버지가 이럴 수 있느냐고 펄펄 뛰면서 아들한테 하소연이라도 해야 할까. 함께했던 시간들이 일시에 소멸되어 버린 결혼생활을 아들 앞에 맨몸으로 들켜 버린 것 같아 창피했다.

"언제 알았니?"

언제부터였는지를 아는 것이 지금 와서 무슨 쓸모가 있을까 싶었으나, 남편의 철면피함의 시초가 어느 시점부터였는지 알아야 될 것 같았다.

"… 오래 되지는 않았어요."

"오래 되지 않은 그때가 언제였냐고…"

"… 저…"

"… 대답 안 해도 돼. 그걸 안다고 뭐가 달라지겠니."

"… 아버지가 여자를 데리고 진해에 오셨던 적 있어요. 직장 동료라면서 일 때문에 함께 오셨다고 저한테 소개를 하셨어요. 함께 밥도 먹고, 술도 한잔했었는데, 가신 후에 생각해 보니까 아무래도… 그 여자가 아버지한테도 저한테도 지나치게 친절했었거든요. 별일 아닐 거라고 장담하면서도 의심을 떨칠 수가 없었어요. 그 후로 아버지하고 연락을 끊어 버렸더니… 아버지가 진해로 내려오셔서 변명은 하지 않겠다면서 고백을 하셨어요. 그 여자를 버릴 수가 없다고… 아버지를 이해해 달라고…"

세호는 말을 끊었다가 다시 이었다.

"같은 남자니까, 인생을 살다 보면 너도 남자의 세계를 이해할 날이 올 거라는 아버지의 말을 수긍할 수가 없었어요, 도저히… 내 눈에 아버지가 그토록 치졸해 보이기는 처음이었어요. 아버지 얼굴에 얼마나 주먹을 날리고 싶었는지… 그때는 잠시, 그러다가 끝날 거라고 믿고 있었어요. 그런데 결국… 아버지가 원망스러워요. 어머니한테 그런 짓을 다…"

세호의 목소리가 자꾸 안으로 기어들어 갔다. 설옥은 세호의 손을 힘주어 잡았다. 괜찮아, 라고 말해 줘야 한다고도 생각했다. 그러나 아무런 행동도 할 수가 없었다.

"어머니가 알게 되면 상심이 크실 텐데 어떻게 하나… 그렇게 되기 전에 정리하시라고 아버지께 간곡히 말씀드렸어요."

떨리는 설옥의 등을 세호가 팔로 감싸안아 주었다.

"아들, 그만해도 돼. 괜찮아… 우리 세대는 남편이 바람 피우는 일 흔해. 그러고 살면서 겉으로만 행복한 척하는 부부도 많아. 니 아버지도 나하고 사느라고 힘들었을 때가 많았을 거야. 엄마하고는 또 다른 부드럽고, 상냥하고, 따뜻한 여자랑 한번 살아 보고 싶지 않았겠니."

낫 같은 것이 설옥의 가슴을 확 긋고 지나갔다. 아들과 이런 대화를 주고받아야 한다는 것이 상상하기 힘든 쓰라림을 몰고 왔다. 설옥은 눈을 감았다.

"어머니, 괜찮으세요?"

걱정이 가득한 세호에게 달리해 줄 말이 없었다. 설옥은 남아 있는 맥주를 천천히 들이켰다.

"너도 남자라서 한통속이잖아. 그래서 말 안 하고 있었던 거지. 내가 모르고 있었다면 모르는 척, 그냥 어물쩍 넘어가려고 했지?"

세호가 멋쩍게 웃었다.

"아버지가 사실을 고백했을 리도 없었을 텐데… 어머닌 어떻게 아신 거예요?"

"알고 싶지 않았는데 우연히… 알게 되네…"

"… 어쩔 작정이신지… 나쁜 결정 하시지 않았으면 해요."

"… 어쩌면 난, 벌써부터 니 아버지와 헤어질 구실을 찾고 있었는지도 몰라."

"어머니께서요?"

"어… 사랑할 수 없었으니까."

"…아버지를 왜 사랑할 수 없으셨어요?"

"나도 모르겠어. 니 아버지, 특별한 흠이 있는 사람도 아니었고… 무능하지도 않았고… 그냥 원래부터 나를 감싸고 있는 외로움, 그런 것 때문이었다고 한다면 이유가 될까… 그런 걸 니 아버진 느끼고 있었는지도 몰라. 마누라하고는 절대로 가까워질 수 없는 거리… 나한테는 결혼생활이 무척 외로웠어. 퇴근하고 돌아오면 이유 모를 서러움 같은 것이 기다리고 있었던 것처럼 후닥닥 달려들곤 했었지. 늘 어둡고 우울한 분위기를 칭칭 감고 사는 마누라를, 니 아버진 다 받아들일 수 있었겠니."

"그렇다고 남자들이 다 아내 몰래 여자를 숨겨 두진 않아요. 두 분이 서로 얽힌 부분들을 풀려고 애를 썼으면 좋았을 텐데요. 제가 보기엔 아버지한테 어머닌 늘 어려운 사람 같았어요. 가끔 어머니가 하는 말이나 반응에 무척 민감해 하신 적도 있고… 어머니가 하루, 이틀, 별 말을 안 하면 저를 살짝 불러서, 엄마 무엇 때문에 저렇게 사막 같으냐고 묻기도 하셨어요. 어쩌면 아버진 어머니를 평생 짝사랑만 하고 있었는지도 모른다는 느낌도 들었어요."

"… 미안해, 우리 두 사람의 문제가 결국 너한테까지…"

"전 괜찮습니다. 혹시… 이혼 결심, 하셨어요?"

설옥은 대답하지 못했다.

"제가 뭐라고 해도 어머니 뜻을 꺾을 순 없다는 거 잘 알고 있어요. 아버지가 왜 밉지 않겠어요. 하지만, 어머니가 조금만 더 기다려 주신다면, 아버진 분명히 집으로 돌아오실 거라고 믿어요."

"… 그런다 해도 뭐가 달라질까. 이젠 엄마도 엄마의 인생을 한번은 살아 보고 싶어. 아니다, 아니다, 하면서 결혼생활을 계속해 왔던 것도 위선이었다 싶고… 니 아버지가 진작 정리를 하자고 했으면 좋았을 걸."

"그러지 못했던 이유, 전 알 것 같아요."

"왜?"

"그렇게 하자고 하면 어머니가 두말 않고 그렇게 해 줄 것이니까요."

"그 이중성… 용납이 안돼."

"… 이중성 아니에요. 아버진 그 여자, 사랑하지 않아요."

"어떻게 아니?"

"아버지가 사랑하는 사람은 어머니예요."

"… 사랑은 그런 게 아니야."

"두 분 모습에서 항상 그런 게 느껴졌어요. 아버지는 어머니의 눈길을 늘 기다리고 있는 것 같았어요."

"내 마음 달래 주려고 하는 말인 거 알아. 니 아버지, 두 여자를 모두 다 가지고 싶어 했던 사람이야. 한쪽은 새롭고 두근거리는 마음으로 몰래, 한쪽은 그저 안정된 울타리를 쳐두고 싶다는 그런 계산으로 …잔인하잖아. 무슨 권리로 그런 이중의 삶을 살아? 내가 정리해 주지 않으면 그 여자, 죽을 것 같더라. 뒷걸음질치면서 앞뒤가 다른 두 얼굴로 사는 연극 이젠 막을 내릴 때가 됐어."

며칠째, 입을 닫아걸어 버린 상태가 지속되고 있었다. 평소처럼 간단한 아침 식사를 차려 주면 남편은 별다른 반응 없이 식사를 끝내고 출근했다. 거부감 없이 평소 때와 똑같이 식사를 끝내고 나가는 일과가 언제까지 반복될지 알 수 없었다. 그 여자가 나타났었다는 사실을 모를 리 없으면서도 남편은 아무것도 알지 못하는 척, 등만 보이고 있는 중이었다. 설옥도 가만히 있었다. 어느 날, 이혼을 요구해 온다면 응해 주면 그만일 것이다. 설옥의 노여움은 이 상황을 뭉개 버리려고 시간을 끌고 있는 남편의 낯두꺼움에 있었다. 아무 일도 없었다는 듯, 여전히 바이어들과의 약속을 알려 주었고, 여전히 새벽 귀가가 잦았으며, 컴퓨터 작업에 몰두했고, 헬스장을 꾸준히 드나들었다. 몸에 밴 규칙적인 일상을 절대로 포기하지 않겠다는 의도 같았다. 그 속엔 이혼 이후의 상황까지 철저히 계산해 둔 경우의 수들이 있을 것이었다. 사람이 이런 모습도 보이는구나 싶어, 설옥은 망연자실했다. 적어도 이런 모습은 아니어야 할 것이다. 솔직하게 자신을 열어 보이는 것이 훨씬 덜 비겁한 일일 것이다. 그렇지만 시비를 가리기 위해 먼저 싸움을 걸고 싶지도 않았다.

아무런 균열도 없는 채로 이 주일이 지나갔다. 남편은 여전히 무표정한 얼굴로 똑같은 하루하루를 반복하고 있었다. 그 철면피함을 견딜 수가 없었다. 참을 만큼 참았다고 판단한 설옥은 늦은 밤 귀가하는 남편을 불러 거실 소파에 마주 앉았다.

"이대로 계속 가려고요? 너무 악랄하지 않아요?"

"… 당신이 오해하고 있어."

"… 무슨 오해요?"

기가 막혔다.

"어떻게 이런 상태를 계속 끌고 갈 수가 있어요? 나, 바보

아니에요. 오해라고요? 더 이상 사람 우습게 만들지 말아요."

경악스러웠다. 지금까지 저런 남자와 함께 살고 있었다는 사실이 믿어지지 않았다.

"당신이 만났던 그 여자, 솔직히 그동안 가끔 만나긴 했어. 그렇지만 딱 거기까지야. 그 이상도 이하도 아니야. 그 여자 때문에 당신과의 결혼생활이 위험해질 거라곤 추호도 생각하지 않았어. 미안해. 그냥 조용히 넘어가 주면, 깨끗이 정리할게."

아, 이럴 수 있는 인간이었구나… 곤란한 지경에 이르면 단번에 늑대 가죽을 뒤집어쓸 수 있는 인간이었구나… 뇌리 속의 모든 감각들이 기능을 멈춰 버리는 것 같았다. 살을 깎아 내는 듯한 혹독한 절망감이, 설옥에게 남아 있던 실낱같은 기대마저 뎅강 잘라 냈다.

"때가 되면 간단하게 정리해 버릴 작정으로, 그 여자를 만났다는 말이에요?"

"… 가끔, 만났었어. 헤어지려고 마음먹고 있었고."

"지금 그 말, 당신과 나, 그 여자, 셋이 있는 자리에서도 할 수 있어요?"

"당연하지."

"그 여자, 지금 여기로 부를게요."

설옥은 거실 테이블 위에 놓여 있던 휴대폰을 들고 눌렀다. 남편이 설옥의 동작을 제지시켰으나 만류를 뿌리치고 다시 휴대폰을 눌렀다. 남편이 설옥의 휴대폰을 빼앗아 가더니, 벽을 향해 힘껏 던졌다.

"미안하다고 사과했잖아. 이렇게 된 게 내 탓만 있는 줄 알아? 솔직히 당신은 뭘 잘했어? 뭘 잘했다고 그렇게 하늘 높은 줄 모르는 거야?"

남편은 거실 장식장 문을 거칠게 열어젖히고, 양주를 꺼내 병째로 마셨다.

"사막 같이 모래바람만 풀풀 일으키는 당신하고 사는 게, 나도 편하지는 않았어! 당신한테 난 언제나 아웃사이더였잖아. 아니면 아니라고 말해 봐!"

사막 같았다고 남편이 펄펄 더 화를 내고 있었다. 그래, 고비 사막… 남편은 이미 그 여자와 끊어질 수 없는 관계로 얽혀 버린 모양이었다. 남편하고 단 한마디도 더 주고받을 이유가 없었다.

"이혼해요. 난 서류 준비 다 끝냈어요."

"이혼은 안 돼! 그냥 살던 대로 살아!"

"뭐라구요?"

"세호, 아직 갈 길이 멀어. 국가를 위해서 애쓰고 있는 자식 앞날에, 부모가 도와주지는 못할망정, 지장을 줘서야 되겠어?"

설옥은 실소가 터졌다. 세호한테 들었던 말이 떠올라, 웃음을 멈출 수가 없었다. 웃음소리가 점점 더 커졌다. 수십 년 함께 살아온 부부 사이에, 가족이라는 이름으로 연결되어 있던 끈이, 이렇게 왕창 잘려 버리는데 걸리는 시간은 단 몇 분도 되지 않았다. 결혼생활은 이렇게 아무것도 아니었다. 설옥은 차분하게 남편의 사나운 눈빛을 받아 냈다.

"아들 앞날을 끔찍하게 여기는 아버지가 여자를 몰래 숨겨 둬요? 이 이상 더 추락하지 않기를 바래요. 이혼하지 않겠다면 소송하겠어요."

"소송? 하하하… 당신도 남자, 있잖아!"

"… 남자라니요?"

뜻밖의 말에 설옥의 동작이 정지됐다. 남편은 설옥을 한동안 노려보다가 무슨 중요한 사건의 단서라도 캐낸 사람처럼 빈정거렸다.

"그 철통같이 잠긴 서랍 안에 고이고이 간직하고 있는 그 남자! 수백 통이나 되는 편지의 주인공! 해군 대위 서 민규!"

순간, 설옥은 피가 거꾸로 솟았다. 그 편지를 불륜과 비교하다니, 몰래 서랍을 뒤져서 속에 있던 것들을 훔쳐보았으면서, 마치 대단한 범죄의 현장이라도 발견해 낸 것처럼 기세등등하게 몰아세우는 남편이라는 작자. 설옥은 거실 등이 나가 버린 듯 캄캄해져 오는 시야를 확보하려고 애를 썼다.

허리를 꽉 묶었던 벨트가 풀려 버린 것처럼, 나른하고 불명확한 정신이 계속 이어졌다. 아침을 차리는 짓도 그만두었다. 청소, 빨래, 집 안 공기를 환기시키는 일조차 엄두가 나지 않았다. 비늘을 치지도 않고 팽개쳐 둔 생선처럼 물컹물컹해져서, 하루 종일 소파에 축 늘어져 있는 짓이 반복되었다. 남편은 여전히 기계적인 동작을 반복하고 있는 중이었다. 그 지겨운 행위를 절대로 멈추지 않을 거라는 낭패감이 설옥의 의식을 꽁꽁 옭아맸다. 당장이라도 이 집을 폭파해 버리고 싶었다. 이건 사는 게 아니었다. 그날 밤의 다툼 이후 남편은 이혼에 관해 언급조차 없었다. 설옥도 더 닦달하고 싶지 않았다. 언젠가는 끝에 도달할 것이었다. 누군가가 먼저 백기를 들 것이었다. 그때를 기다리는 일쯤이야 누워서 식은 죽 먹기보다 쉬웠다.

이야기 좀 해,
늦은 귀가를 반복해 오던 남편이 어느 날 현관으로 들어서며 말했다. 소파에 고꾸라져 있던 설옥은 천천히 상체를 일으켰다. 남편은 잠시 설옥을 쳐다보며 서 있다가 입을 열었다.
"무조건 내가 잘못했어, 용서해 줘."
그 말이 귀에 닿는 순간, 참을 수가 없어 남편을 노려보았다. 저 남자는 이 집 안에 다시 건져 올릴 무엇이 아직도 남아 있다고 믿는 것일까.

"그 입으로 용서라는 말을 하다니, 도저히 납득이 안되네요."

"세호를 위해. 지나간 일은 잊고, 다시 출발합시다. 그 여자하고도, 다 정리했어."

"입! 닥쳐요. 한마디만 더 하면 그 심장에 칼을 꽂아 버릴 거야! 마지막 경고예요. 이번 금요일 오후 두 시, 법원에서 만나요."

설옥은 욕실로 들어가 샤워기를 틀어 놓고, 욕조 안에 풀썩 주저앉았다. 물줄기가 머리카락을 적시고, 어깨를 적시고, 옷을, 몸을 적셨다. 목구멍 속에서 뭉클거리며 무엇이 올라왔다. 구역질을 해대다가 왈칵 토했다. 콧물, 눈물이 얼굴을 뒤덮었다.

일주일 후 늦은 밤, 남편이 가방에 옷가지를 꾸려 넣고 집을 나갔다. 서로 떨어져 지내면서 한 달만 더 생각해 본 다음, 그때도 아니다 싶으면 이혼하자는 제안을 한 후였다. 집 안이 절간처럼 조용해진 것이 기적 같았다. 설옥은 가뭄에 시들었던 풀들이 단비를 맞고 되살아나듯 기운이 되살아났다. 밤까지 꼬박 새면서, 집 안 여기저기를 치우고 정리했다. 그동안 폐허가 되었던 집 안 곳곳을 닦아낸 걸레에 시커먼 먼지가 뭉텅뭉텅 묻어 나왔다. 청소 한 번 하지 않았던 거실에 청소기를 돌리고, 싱크대, 화장실 문, 식탁, 가구들의 때를 벗기고 물건들을 제자리에 놓았다. 전신을 압박해 오던 좁아터진 바위틈에서 간신히 빠져나온 것 같았다. 오랜만의 움직임, 오랜만의 청소, 윤기 흐르는 가구들을 오랜만에 지긋이 바라보는 게 그저 좋았다.

날이 조금씩 밝아 오는 기색이 베란다 창을 물들이기 시작했다. 희미한 빛으로 바뀌기 시작하는 아침을 생전 처음 보는 사람처럼 설옥은 두근거리기까지 하는 마음이었다. 라디오의 클래식 음악방송을 틀고, 기계에 콩을 갈아 커피를 내렸다. 혼자가 된다는 사실이 두려움을 갖게 하기는커녕, 오히려 그 반대의 심정이라서 스스로도 놀랄 지경이었다. 흘러나오는 비발디 음악을 흥얼거리며 커피잔을 반쯤 비웠을 때, 휴대폰이 울었다. 확인해 보니 모르는 번호였다. 새벽부터 보험 가입 권유하는 전화는 아닐 테고… 남은 커피를 한 모금씩 음미하고 있는데 끊어졌던 폰이 연거푸 울어 댔다. 똑같은 발신 번호였다. 설옥은 마지못해 휴대폰을 켰다.

"여보세요?"

"이 상우씨 가족 되십니까?"

무척 다급한 음성이었다.

"네, 그렇습니다."

"여기 강서경찰섭니다. 최대한 빨리 세원병원 응급실로 와 주십시오, 이 상우씨가 교통사고를 당했습니다, 급히 유족 확인이 필요합니다."

"네?"

유족 확인? 유족 확인이라니⋯ 설옥의 손에 들려 있던 머그잔이 맥없이 아래로 떨어졌다. 대리석 거실 바닥 위, 산산조각난 머그잔이 사방으로 흩어졌다.

이야기를 다 들은 덕희는 설옥을 밤바다로 안내한다. 작은 항구지만 해변에 올망졸망 모여 있는 어선들, 바다를 낀 산책길에 서 있는 가로등, 크리스마스트리처럼 빛을 내뿜고 있는 카페의 창문들이 두 사람을 반갑게 맞아 준다. 지독하게 많이 흘러가 버린 세월인데도 친구끼리 이런 시간 한번 못 가졌던 데 대한 아쉬움이 무척 크다. 테이크 아웃한 커피를 손에 들고 항구를 걷다 보니 밤바다를 밝히고 있는 조그만 등대 아래쪽 돌계단이 두 사람에게 손짓을 한다. 나란히 돌계단에 앉는다.

"시간, 참 마이도 흘러갔다 그자?"

설옥은 말이 없다.

"⋯ 난, 왠지 니한테 좋은 일이 생길 거 같네. 운명이란 게 있다 카모, 만나야 할 사람은 세월이 아무리 흘러가도 서로 만나게 되는 긴가 싶고⋯ 사람들은 모르는 기라. 인생의 날실과 씨실이 어떻게 서로 얽혀 있는지⋯"

"그러게⋯ 잘 알고 있던 사람도 갑자기 낯선 사람이 되고⋯ 잘 모르던 사람도 너무 잘 아는 사람이 되기도 하고⋯"

"… 그러니까 옛날에 서 대위가 무조건 니를 버린 기라꼬 단정하지는 마라. 오해일 수도 있는 기다."

덕희의 목소리에 확신 같은 게 들어 있다.

"그게 아니었다면, 이렇게 긴 세월 동안 연락 한번 없었을까."

"하기는 뭐… 그래도 난, 결혼하자꼬 약속했던 사람이 갑자기 사라져 버렸다 캐서 아무래도… 딴 일이 있었던 게 아닌가 싶고…"

"죽었거나, 식물인간이 되었다면 모를까, 설사, 많이 다쳤다고 쳐. 팔 하나, 다리 하나가 없어졌다고 쳐. 그래도 못 나타날 이유는 아니잖아. 장님이 되었어도 못 나타날 일이니? 어떤 모습이었더라도 나타났어야지. 날 버리고 간 그 사람은 지금 멀쩡하게 잘 살고 있잖아. 보란 듯이…"

"원망이 가득한 거 보니 니, 아직 서 대위 몬 잊었네, 맘속에 가득 들어 있어서 지우지도 못하고 있네."

"웃기지… 아무도 내 속에 들어오지 못하게 내 스스로 쇠창살을 치고 살았던 것 같아. 남편하고 살았던 날들이 행복하지 않아서 그렇게 갑옷을 두르고 있었을까… 입장을 바꿔보면 남편도 피해자야. 몰래 여자를 둔 건, 내 탓도 컸다고 생각해. 그래서 나, 벌받은 건지도 몰라."

설옥은 자신에게 휘몰아친 가혹한 일들을 피해 갈 생각은 없다. 피해 간다고 피해지지도 않을 일이었다.

"벌받았다니, 무슨 말도 안 되는 소리를 다 하고 있노… 세호 아버지하고 결혼한 후에 니가 한눈을 팔았나, 가문에 폐를 끼쳤나, 호화로운 생활로 가산을 탕진했나… 내가 보기엔 너희 부부 균형 있게 잘 사는 것처럼 보였어. 서 대위가 너희 부부를 갈라놓은 것도 아니잖아."

"… 수긍이 갈 만한 상황이 있었다면 좋겠어. 그 아무것도 아니라면, 그냥 함부로 버려진 것이라면, 내 추억이 너무 볼품없잖아."

"니, 방금 한 말 진짜가? 서 대위한테 말 못할 사정이 있었다 카모, 모든 걸 다 받아들일 수 있다 이 말이제?"

"… 그런 사정이 있었을 리가 있겠니."

꽃이 지는 아침

덕희는 박 사장이 화실 문을 열고 안으로 들어서서야 건성으로 성의 없이 움직이던 붓질을 멈춘다. 전시회에 출품할 작품들을 완성해야 하는데 마무리를 하기 위해 펼쳐 놓았던 그림이 도통 눈에 들어오지 않던 참이었다.
"난리가 났네, 난리가 났어. 강도가 들어와서 달랑 업고 가도 모르겠네. 뭘 그리 열심히 하고 있소?"
"옴마야, 진짜 문 여는 소리도 못 들었네. 날짜는 점점 다 가오는데… 잘 왔어요, 배고프던 참인데 우리 짜장면 시켜 묵으까?"
"바쁜가베. 멋진 데 가서 우리 사모님, 맛있는 거 사 줄라꼬 왔구만은."
"맛있는 기 문제가 아이고… 여기 좀 앉아 보이소."
"와, 또 신사임당 초대전 열어 달라꼬?"
"오늘은 사임당 말고, 철학이 깔린 이야기 좀 해 볼라꼬 그랍니더."

"철학 이야기? 짜장면부터 시키자, 배고파서 바지가 배꼽 밑에 가 있다."

덕희는 휴대폰을 눌러 짜장면 둘에 탕수육을 곁들여 주문한다.

"설옥씨는 잘 계시고?"

"진짜 오랜만에 친구랑 이틀 밤 자면서 묵은 한, 다 풀었어예. 당신한테 고맙다고 인사 전해 달라 켔는데, 내가 정신이 없어서 다 까묵었네."

"두 분이 좋았다 카모 됐따, 그기 인사지."

"설옥이… 당신도 잘 알고 있지요?"

"어떤 거 말이고?"

"있잖아요, 거, 설옥이 심성, 품성, 그런 거…"

"알지. 부드럽고, 지적이고… 뭐라 칼까, 굳이 비유를 한다 카모 잔잔한 알토 음?"

"이제 본께네 당신, 멋진 구석이 있는 남자였네. 설옥이 분위기를 은은한 알토 음에다가 비유할 줄도 알고… 시멘트 바닥에만 뒹굴었어도 운치가 있었네. 내가 진작에 당신을 알아 본 기지."

"이 사람이 옥황상제하고 동급인 남편을 물로 보고 살았는가베. 설옥씨 색깔은 저 멕시코 출신 비운의 여류화가 프리다의 그림이지. 도발적인 기질과 위험이 상존하는 내면을 단단하게 절제하고 있는 그런 여인이 설옥씨 아이가."

"우와… 당신이 어떻게 그런 표현을 다…그 감각, 순순히 습득한 거 맞아요?"

"당연하지, 화가 남편인데, 그 정도는… 하하하… 낮에 창동시네마 입구에 붙어 있던 영화 포스터 읽어 봤다, 그거 보고 알았지."

"그라모 그렇지,"

"와, 설옥씨한테 무슨 일 있나?"

"설옥이가, 옛날에 알고 있던 그… 서 대위를 찾았다 카네예."

"그래? 우찌 찾아냈는고? 하아… 첫사랑 아이가. 그 해군 대위를 찾았단 말이가?"

박 사장이 놀라서 입을 다물지 못한다.

"나도 깜짝 놀랐어예. 두 사람, 몇십 년 동안이나 서로 소식 하나 모른 채로 지냈는데 지금에 와서… 참…"

덕희도 박 사장도 생각에 잠긴다.

"… 설옥씨가 생각이 났던가 보네. 그러니까 찾은 거 아이겠나. 갑자기 남편 떠나고 나서 황망하고 감당이 안 되는 마음을 수습하기가 힘들었을 낀데, 이럴 때 누가 옆에 있었으면 하는 생각이 와 안들었겠노. 서로 살아가는 이야기도 나누고…"

"그기 문제가 아니라예, 두 사람이 만나게 되모, 내가 쫌 곤란해지는 부분이 있어서 하는 말이지예."

"뭐라카노, 당신이 뭐 땜에?"

"사실은 …"

"아, 뜸들이지 말고 퍼뜩 이실직고해 봐라."

"옛날에 두 사람, 사실은 내가 만나지 못하게 막았다 아입니꺼."

짜장면이 배달되었다. 남편은 배가 많이 고팠는지, 급하게 짜장면 그릇을 든 채로 먹기 시작한다.

"앗따, 이 집 깍두기 맛은 여전하네, 다꽝 맛도 좋고… 당신도 이 집 깍두기처럼 좀 담가 봐라. 삼삼하니 직인다."

"지금 그기 문제가 아이라 캐도예."

"아, 그래, 당신이 뭐 때문에 몬 만나게 했단 말이고? 혹시 당신이 서 대위를 좋아해서 사건을 일부러 그리 꼬아 뿌린 건 아이고?"

"그랬다 카모, 지금 내가 당신하고 마주보고 앉아서 짜장면이나 묵고 있을까예?"

"그라모 뭐꼬? 아, 답답따. 뜸 그만 들이고 이실직고해 봐라."

"운명이라 카는 기 참말로 참말로, 이상하다 싶네예. 암만 피해 갈라꼬 발버둥쳐도 언젠가는 외나무 다리에서 딱 부킹이 된다… 카더만은…"

"점점 약 더 올리네, 내가 꼭 폭발을 해야, 말을 할 끼가?"

"거, 입에 묻은 짜장면이나 쫌 딱고, 폭발을 하던가."

덕희가 물티슈를 건네주자, 남편은 어느새 다 비운 짜장면 그릇을 내려놓고 입을 닦는다.

"됐나?"

"탕수육도 잡수소. 누가 다 묵을 끼고."

"탕수육까지 다 묵고 입을 닦을 낀데 잘못했네."

"쯧쯧, 나이들면 우짤 수가 없네. 짜장면 한 가닥 입 옆에 딱 붙여 놓고도 모르고."

"나도 요새 늙었지 뭐. 사람 만나는 기 귀찮기도 하고… 천하의 박 용철이가 와 이리 돼 삣는고 모르것네. 그건 그렇고 진짜로 무슨 사정이 있었단 말이고?"

"그때, 설옥이는 결혼 준비까지 다 하고 있었는데, 만나기로 했던 서 대위가 갑자기 행방불명됐던 건 알고 있지예?"

"그래, 그 이야긴 당신한테 들어서 안다. 비밀 지키라 캐서, 지금까지도 입에 본드 딱 붙이고 있었지."

"그때 서 대위가 행방불명됐던 기 아이고, 피치 못할 사연이 있었던 기라예. 해난사고가 나서 선원들 구조작업을 하다가 크게 다쳤는데, 그 때문에 설옥이한테 알리지도 않고 사라져 버린 깁니더. 설옥인 그때 서 대위가 자신을 버린 줄 알았고…"

덕희는 한숨을 쉬면서 찬찬히 말을 이어간다.

서 대위가 흔적도 없이 사라져 버렸다는 설옥의 말을 덕희는 믿을 수가 없었다. 결혼 준비 때문에 바빠서 연락이 뜸해졌을 거라고 여겼던 터라 퇴근 후 약속 장소에는 당연히 두 사람이 함께 나올 줄 알았다. 덕희를 만나고 나서도 아무 말도 못하고 있던 설옥은 커피 한 잔을 입 안에 쏟아붓듯이 붓고 삼킨 후에야 눈물부터 줄줄 흘리면서 입을 열었다.

"그 사람이 갑자기 사라져 버렸어. 잠적해 버렸어. 으흑… 이 세상에 행방을 아는 사람이 한 사람도 없어. 어떡하니…"

"지금 니 무슨 말을 하고 있노? 서 대위가 사라졌다꼬?"

설옥은 대답 없이 고개만 끄덕였다. 말하는 법을 잊은 사람처럼 자꾸만 고개를 끄덕였다.

"자세히 얘기 좀 해 봐라. 뭣 땜에 사라졌던 말이고?"

덕희가 목소리를 높이자, 설옥은 간신히 울음을 추스렸다. 눈 주위가 움푹 패였고, 살이 붙어 있는 곳이 한 군데도 없었다. 폐렴으로 이 주일이나 입원했다더니 살아 있어도 살아 있는 사람 같지 않았다.

"결혼 날짜도 잡고, 혼수도 준비한다꼬 내 만날 시간도 없다 캤다 아이가. 근데 이기 대체 무슨 일이고? 결혼반지 받았다꼬 좋아했으면서."

"반지를 받고 난 후, 없어졌어. 연락이 안 돼. 편지도 수취 불명으로 되돌아오고, 부대로도 여러 번 찾아가 봤어. 알 수가 없대. 혹시, 너한테 따로 무슨 연락 같은 거 온 건 없지?"

설옥은 간절한 눈으로 덕희를 바라보았다. 혹시, 자신에게 소식을 전할 수 없어서 친한 친구인 덕희를 통해 무슨 연락을 취하지 않았을까; 덕희는 무엇인가를 조금이라도 알고 있지 않을까 하는 실낱같은 기대를 담은 눈빛이었다.

"내한테 무슨 연락이 왔겠노… 근데 진짜 별일이 다 있네. 서 대위가 니를 장난으로 만난 것도 아니고… 세상에 그런 남자, 둘도 없다 싶게, 진짜 니한테 너무너무 잘했다 아이가. 두 사람, 내가 얼마나 부러워했는데… 조금만 더 기다려 봐라. 무슨 급한 일이 생겨서 그라는 거겠지."

"그러면 그렇다고 연락을 해야지, 어떻게 연락을 끊어…"

덕희의 놀라움도 컸다. 쉽게 아무 여자에게 마음을 줄 남자가 아니라는 믿음이 있었기 때문에, 그가 설옥을 배신했을 거라는 생각은 털끝만큼도 들지 않았다. 설옥은 그런 마음이 천배, 만배 더 강할 것이었다.

"최대한으로 연락은 취해 봤나?"

"사방팔방에 다… 이 잡듯이 온갖 곳에 샅샅이 다 … 지쳐서 쓰러질 때까지 진해 바닥을 헤매고 다녔어."

"부대에서는 뭐라 카던데?"

"전역했다는 말밖에 안해… 그 후로는 부대에서도 소식을 모른다고…"

설옥은 말할 기운도 없어 보였다.

"밥부터 무로 가자, 이러다간 사람 죽는다. 살고 봐야지, 우찌된 일인고도 살아 있어야 알 수 있을 거 아이가. 서 대위, 필시 무슨 말 못 할 사정이 있어서 연락을 못하고 있을 끼다. 그냥 니 상처 줄라꼬 장난삼아 이런 짓 할 사람이 아이다. 퍼뜩 밥 무로 가자!"

덕희의 뺨에도 눈물이 타 내렸다. 개새끼! 바람둥이, 사기꾼, 하얀 제복 위에 이 세상 똥통에 들어 있는 똥을 몽땅 퍼부어도 시원찮을 놈! 덕희의 마음속에 욕설이 우글거렸다. 끓어오르는 화를 참을 수 없어, 다방 계단을 내려가는 발걸음이 천근만근이었다. 설옥도 불안하기 짝이 없는 걸음이었다. 덕희는 설옥의 팔을 꼭 잡고, 천천히 일층으로 내려갔다.

마산 부림시장 안, 분식집에는 평일이라서 그런지 손님이 별로 없었다. 덕희는 자리를 정하고, 순대, 떡볶기, 부추전, 비빔 쫄면까지 잔뜩 시켜, 설옥의 손에 젓가락을 쥐어 주었다.

"설옥아, 니가 아끼는 시 한 수 읊어 볼까… 꽃이 지기로서니 바람을 탓하랴. 주렴 밖에 성긴 별이 하나둘 스러지고, 귀촉도 울음 뒤에 먼 산이 다가서다. 촛불을 꺼야 하리 꽃이 지는데… 이런 데서 시를 읊는다는 기 분위기는 안 맞지만, 촛불을 꺼야 할 때가 오면, 끄는 기 맞따! 니 마음 내 다, 안다… 니가 누군데… 국민학교 육 학년 때 서울서 전학 와 갔고 내 옆자리에 앉던 그 순간부터 니한테 홀딱 빠졌었데이. 아버지 사업이 실패해서 시골로 왔다 카는데, 니는 도무지 사업 실패한 아버지의 딸 같지 않았거든. 예쁘고 밝고 똑똑하고… 쳐다보면 귀티가 줄줄 났다. 내 눈에 그리 보였는데, 남자들 눈에는 어땠겠노. 진짜 모를 일이다, 서 대위, 니가 좋아서 반쯤은 정신이 나가 있더만은… 니가 이리 아픈데 위로랍시고 겨우 떡볶이나 억지로 먹일라 카는 내가 참 무능하네. 그래도 먹어라. 안 되면 억지로라도 삼켜, 사랑, 그딴 거… 시간이 흘러가모, 껍질 뒤집어썼던 모습들 싹 다 실체가 드러날 끼다. 나도 실연당해 봐서, 잘 안다 아이가."

"설마, 수중 훈련 하다가 실종된 거는 아니겠지? 사고사를 부대에서 덮어 버릴라꼬 쉬, 쉬, 입다물고 있는 건 아니겠지?"

"그랬다 카모 행방을 정확히 알 수 있었겠지. 죽었다꼬 발표하면 그만인 께네."

"그렇겠지…"

"나쁜 놈! 직일 놈, 비 오는 날, 먼지가 나도록 매타작을 해도 시원찮을 놈! 막 그렇게 욕 퍼부삐라 막!"

"… 근데 이 반지는 어떡하지?"

설옥은 손가락에 끼고 있던 반지를 만지작거렸다.

"반지가 무슨 죄고? 아이다! 당장 빼 갖꼬, 진해 앞바다에 확, 던지뿌라, 고마."

설옥은 탁자에 가득 놓인 음식들을 먹기 시작했다. 너무 많이 먹지 말라고 말릴 틈도 없었다. 이것저것 막무가내로 삼키다가 결국 탈을 내고야 말았다. 기침, 눈물, 콧물, 그리고 입속으로 들어갔던 음식물이 바닥으로 죄다 쏟아졌다.

  그 후, 죽은 시체 같은 몰골로 시간을 흘려보내던 설옥은 결국 서울로 학교를 옮겼다. 다행히 집안 형편도 어느 정도 회복이 되어 설옥을 따라 가족들도 서울로 이사를 갔다. 그럭저럭 무난하게 서울 생활에 적응하고 있다는 설옥의 길고 긴 편지를 받고 나서야, 덕희의 마음도 조금 안정이 되었다. 그동안 설옥을 만날 때마다 혹여 오늘 밤에, 혹은 내일 밤에 딴마음을 품지 않을까 싶어 불안함을 가라앉힐 수가 없었다. 설옥은 유난히 섬세하고 솜털처럼 여린 구석이 많았다. 예상하지 못했던 서 대위의 실종은 설옥은 물론 덕희에게도 엄청난 충격이었다.

  직장을 서울로 옮긴 설옥을 다시 만나게 된 것은 이태원에서 열린 덕희의 첫 개인전에서였다. 설옥은 전시회 소식을 알리자마자 달려와 주었고 결혼한다는 소식까지 가져왔기에 펄쩍 뛸 만큼 기뻤다. 그러나 덕희는 마음 한구석에 자리 잡고 있던 검은 구름 때문에 설옥을 마냥 축하해 주기가 쉽지만은 않았다. 갤러리 문을 닫은 후, 덕희는 따뜻하게 녹차를 우려내 설옥과 마주앉았다.
  그 사실을 설옥에게 절대로 알려 주어서는 안될 것이었다. 이태원 전시회를 준비하면서 서울에 머무는 동안 대학 동창

모임에 갔다가 우연히 알게 된 사실이, 시간이 지날수록 명료하게 덕희의 의식을 붙들고 늘어졌다. 대학 동창에게 그 말을 듣게 된 것은 정말 뜻밖이었다. 우연이긴 했지만 세상사가 참 좁고도 비정하게 얽혀 있다는 생각이 들어 전시회에 오롯이 마음을 다 쏟아붓지도 못하고 있었다.

동창들과 한창 식사가 진행되던 중에 미자가 불쑥 말을 꺼냈다.

"다들 내 말 좀 들어봐. 우리 집안에 아주 멋있는 친척 오빠가 있는데, 너희 주변에 좋은 여자 있으면 중매 좀 해 봐. 사업도 아주 잘해서 돈도 잘 벌어. 근데 아직 미혼이야."

"돈 잘 버는 멋진 오빠가 왜 여태 독신인데?"

"사연이 좀 있어. 해군 장교였는데, 침몰된 선박에서 선원들 구조작업을 하다가 다리 한쪽에 부상을 입었어. 그 때문에 결혼 약속까지 했던 여자한테 알리지도 않고 잠적을 해 버렸대. 진심으로 사랑했던 여자에게 장애가 있는 남자하고 결혼하자고 할 수는 없다면서… 그 여자가 오빠를 너무나 애타게 찾아다녔다는데, 몸을 숨겨 버리고 나타나지 않았던 거지. 불구가 된 모습을 차마 보여 주지 못해서 그랬다는 거야."

"그렇게 사랑하면서 왜 숨어? 그 여자한테 판단을 맡기면 되지. 그렇지 않아?"

"너무너무 슬픈 러브스토리네…"

"장애가 약간 있는 여자가 괜찮지 않을까? 그러면 서로 이해도 되고."

"오빠도 장애 있는 여자, 괜찮다고 해?"

동창들은 이러니저러니 하면서 모두 한마디씩 했다.

"오빠 이야기는 안 들어 봤고, 어른들끼리 말이 오가고 있는데, 장애가 조금 있는 여자라도 괜찮다고 하기는 해. 혼자 지내는 모습이 너무 아깝고 안타깝다면서."

"우리 아파트 꼭대기 층에 손가락 두 개가 없는 여교수가 살거든… 성악과 교순데 멋있어. 그 여교수 볼 때마다 너무 애처로워서, 마음이 찡해. 나랑 가깝게 지내는데, 슬쩍 한번 떠볼까? 이름이 나 수련. 진짜 수련꽃 같아. 오빠 성씨는 뭐야?"

"서 씨야, 서 민규."

미자의 입에서 서 민규라는 이름이 흘러나온 순간, 덕희는 망치로 뒤통수를 한 대 맞는 기분이었다. 그 이름은 너무나 귀에 익은, 너무나 잘 알고 있는 이름이었다.

"거, 거, 해군 대위, 서 민규 말이가?"

"그래, 너 혹시 우리 오빠 알아?"

덕희는 이렇게 우연히 그의 이름을, 그의 행방을 알게 될 줄은 몰랐다. 설옥의 눈에 멈추지 않는 눈물을 쏟게 했던 장본인이었다. 그 눈물은 눈물이 아니라 피 흘림이었다. 해골

같은 몰골로 서 대위와의 추억이 서린 곳이라면 그 어디라도 샅샅이 훑고 다녔던 설옥을 바로 옆에서 지켜보았던 덕희는 어떻게 이런 일이… 그 말만 자꾸 속으로 되뇌었다. 그 나쁜 남자의 이야기를 여기서 듣게 되다니, 삶의 톱니바퀴는 이렇게 서로 잔인하게, 섬찟하게 어긋나 있는 것인가 싶었다.

"아, 아이다, 내가 아는 사람은 설 민규다, 이름이 비슷해서 헷갈렸네. 근데, 너거 오빠, 어느 정도로 다쳤는데?"

"진짜 안타까워. 다리만 안 다쳤음 해군 참모총장까지 올라가고도 남을 실력파야. 해난사고 현장에 투입돼서 선원들 구조하러 바닷속에 들어갔는데 갑자기 식인 상어가 나타났대. 그래서 구조한 선원들과 부하들 먼저 다 올려 보내고 오빠 혼자서 상어를 상대하다가 그만 다리를 물려 버렸대. 그때 다리 한쪽을 잃어버린 거지. 부하들 살리겠다고 자신을 희생한 건데, 아무나 선뜻 해낼 수 없는 대단한 희생이긴 하지만, 가족들 입장에서 보면 그런 불행한 일을 왜 자초했을까 싶지 않겠니."

덕희는 속으로 탄식이 터져 나왔다.

"아무리 그래도, 결혼까지 약속한 여자한테 안 알릿다 카는 건 좀… 그 여자는 목숨을 걸고 찾아다녔을지도 모르는데… 애간장이 다 녹아내렸을 지도 모르는데…"

"자세한 이야기는 나도 얼마 전에 알았어. 그동안 친척들한테 비밀로 하고 있었던 일이라서 아무도 몰랐어. 그때 당시는 일찍 전역했다길래, 워낙 똑똑한 오빠니까 다른 좋은 데로 스카웃된 줄 알았지. 사연을 알고 나니까, 그런 일이 있었던 거였어. 사고 후에 오빠는 사귀던 아가씨한테 알리면 아가씨가 절대로 자신을 떠나지 못할 것이라면서 그런 희생을 하게 할 수는 없다고 판단하고 아무도 모르는 곳으로 떠나 버렸대. 남자답고 멋진 결단 아니니. 하지만 너무 안됐어."

"야… 희생, 그거 말이 쉽지 아무나 할 수 있는 줄 아나? 서 민규 대위 같은 해군이 있었기 때문에 우리나라가 지켜지는 기다. 그 늠름한 해군 정신을 우리가 잊으모 안되는 기라. 그런데 너거 오빠, 지금은 결혼 생각이 있다 카나?"

덕희는 상세히 물었다.

"그것까지는 몰라. 우리 엄마가 친척 결혼식에 갔다가 이야기 듣고 와서는, 참 괜찮은 사람인데 혼자 지내는 게 보기 안됐다면서 자꾸 어디 알아보라고 난리야."

"니, 웃기지 좀 마라, 너거 오빠 맘이 어떤지도 모르면서 어른들이 나서서 중매한다고 난리법석을 떠나? 아직도 그 아가씨를 못 잊고 있다 카모 우짤라꼬 그라노."

"그렇긴 해. 하지만 그 아가씨가 여태 결혼 안 하고 있을 리가 없잖아."

"결혼했 건 안 했건, 목이 빠지게 그 여자만 그리워하면서 사는 기, 그 여자와의 사랑을 완성하는 기라꼬 믿고 있을 수도 있는 기지 뭐."

"그렇긴 해. 오빠 마음은 아무도 모르지. 혹시라도 평생 독신으로 늙을까 봐 어른들이 서두르는 것 같기도 하고."

"너거 오빠 마, 가만 냅뚜는 기 좋겠는데? 괜히 친척들이 주변에서 들쑤셔 갖꼬 비통한 오빠 가슴에 더 큰 대못 박지 말고."

청첩장에 적힌 설옥의 결혼식 날짜는 한 달 후였다. 덕희는 속을 다 까뒤집어서 서 대위의 상황을 솔직히 말해 주고 싶어 갈등했지만, 사실대로 알리지 말자고 결정했다. 설옥이 그 말을 듣는다면 즉시 파혼해 버릴 것이 뻔했다. 설옥에게 서 대위가 어떤 존재였는지를 누구보다 잘 알고 있는 덕희로서는 입을 닫아거는 게 최상이었다. 가장 아끼는 친구가 한쪽 다리 없는 남자와 결혼해서 살아가는 모습은 상상만 해도 눈물이 났다.

결혼식이 끝나고, 설옥은 덕희에게 신부 대기실 문을 안으로 잠궈 달라고 했다. 덕희가 문을 잠궜다.

"추워… 나, 좀 안아 줘."

덕희는 설옥을 껴안았다. 설옥의 어깨가 거친 폭우에 휘둘리는 나뭇잎처럼 떨리고 있었다. 너무도 절절한 설움을 토하는 설옥을 달래 볼 엄두가 나지 않았다. 그저, 출렁이는 그 물결이 잠잠해지기만을 기다릴 수밖에 없었다.

"조금만 더 이대로 있을 게, 조금만 더…"

"개안타 고마, 실컷 울어 뻬라. 오늘이 니 인생에서 마지막으로 우는 날인 줄은 알고 있제? 그러니깐 눈물 다 짜내 뿌야지, 아무도 니 건드릴 사람 없따. 니는 최선을 다해서, 니가 할 짓 했따. 니한테 더 이상 마지막 눈물은 없는 기다."

"덕희야… 그 사람이 어디서 나를 보고 있는 것 같았어. 다른 남자한테 가지 못하게 내 앞에 나타나서 멀리 데려가 줄 것 같았어. 꼭 그럴 것 같았어… 그랬다면 얼마나 행복했을까. 뒤도 안 돌아보고 따라갔을 텐데…"

박 사장은 탕수육을 먹다가 젓가락을 놓는다. 덕희 몫의 짜장면은 불어터져서 그릇 위까지 가득 차올라 있다.

"만약 그때 설옥씨한테 당신이 서 대위 상태를 정확하게 말해 줏다 카모, 설옥씨가 두 번도 생각 안 하고, 서 대위하고 결혼했을끼다, 이 말이제?"

"그렇지예. 상황이 지금 이렇게 돼 버린 걸 보면, 설옥이가 다른 남자하고 결혼한다고 청첩장 들고 왔을 때, 그냥 눈 질끈 감고 말해 줬어야 했다 싶고… 서 대위하고 결혼하는 것이 설옥이한테는 더 큰 불행이 될 끼다 싶었지예. 암만 사랑도 좋지만, 장애인과 평생을 살아간다는 건 아무나 할 수 있는 일은 아니잖아예. 생각을 하고 또 해 봐도, 그건 안되겠다 싶어서 말을 못했던 긴데… 이런 일이 기다리고 있을 끼라꼬 짐작도 못했습니더."

"인제 와서 지난 일 자꾸 되새기다가는, 안 그래도 복잡한 머리, 사정없이 팍 터진다. 이미 돌아가 버린 영화 필름인데 우짜겠노. 두 사람이 지금에 와서야 필연적으로 만나라 카는 숙명이었는지도 모른다. 거, 필연이라 카는 기 무서운 기데이. 모르긴 해도 설옥씨 성품으로 봐서 당신이 말해 주지 않았던 거, 원망은 안 할 끼다. 그라고, 솔직히 말해서 서 대위 잃어버린 다리, 지금 와서는 크게 문제될 것도 아인기라. 이제는 모두 석양의 깽들이 됐는데, 지금부터는 그저 둘이서 손 꼭 잡고 오손도손 이야기하면서 산책할 일밖에 더 있겠나? 백 미터 달리기를 할 끼가, 단축 마라톤을 뛸 끼가. 만나서 밥 먹고, 차 마시고, 밤하늘에 초생달 흘러가는 장면 둘이서 같이 바라보는 기 황혼의 로맨스지. 나이들어서 그런 시간 함께할 사람이 옆에 있다 카모 최고의 행복 아이것나. 까짓거 다리가 좀 불편해도 뭐 어떻노? 해군으로서 사명을 다한 그 영광의 상처, 설옥씨가 푸근하게 보듬어 주면 되지. 안 그렇나?"

박 사장의 말에 덕희는 갑자기 식욕이 솟았다.

"돈만 잘 버는 줄 알았더만은 나름, 심도 깊은 철학도 갖췄네예. 폭이 넓지는 않아도 무채색의 대화도 되고… 내가 결혼 하나는 잘했는 갑따. 짜장면이 와 이리 맛있노, 당신도 탕수육 더 잡수소, 근데 하나 물어 볼까예?"

"폭도 좁아터진 사람한테 또 뭘 물어본단 말이고?"

"옴마야, 그 말에 또 삐집니꺼? 참을 수 없는 존재의 가벼움 알지예? 남자가 항상 무게를 딱 잡고 있어야지."

"데리고 놀다가, 원상복구만 해 놔라."

"만약에, 당신이 서 대위와 똑같은 상황이었다 카모 우찌 했을 낀데?"

"나? 뭐, 딴 거 있나, 딱 한가지로 쇼부 봤지."

"그게 뭔데?"

"목발 밑에, 수표를 좌악 깔아 놓고 서서 이거, 보이제? 이거 보이제? 카면서 눈 양껏 뜨고 째려보모, 당신은 살랑살랑 걸어와서 수표 총액 확인하자마자 내 팔짱 끼고 바로 결혼식장에 입장한다. 아이모 아이라꼬 말해 봐라."

"뭐라꼬요? 추켜세워 준께네 너무 심하게 재롱을 떠시네. 당신이 진짜 어떤 사람인고 알려 주까?"

"내가 어떤 사람인데?"

"당신은, 가짜수표를 좌악 깔아 놓고 서 있을 남자다, 고마."

"뭐, 뭐라꼬?"

"호호호…"

덕희가 배를 잡고 웃는다.

"근데, 내가 생각해도 서 대위, 참말로 멋지네, 사나이 한 길이라 카더만은 같은 남자가 봐도 기립해 갖꼬, 밤새도록 거수경례 붙여 주고 싶은 진짜 최고의 남자다!"

회로

제덕항 에스디 카페에서 저녁 해를 바라볼 때마다 이사하기 잘했다는 생각이 든다. 어린 시절 아버지를 따라 갑작스럽게 이사를 왔었지만 설옥은 처음부터 진해가 낯설지 않았다. 경화역이 내려다보이는 나지막한 언덕에 위치한 주택은 눈썰미 있는 덕희의 추천이었는데, 마당을 비롯해 집 밖 골목 어느 곳에서도 휘날리는 벚꽃을 볼 수 있어 별다른 망설임 없이 계약을 했고 서둘러 이사까지 해 버렸다. 서울에 비해 집값이 무척 싼 것도 설옥의 망설임을 없애 준 조건이었다. 서울 아파트를 처분하지 않고 무리 없이 집을 살 수 있었던 탓에 설옥은 주택 두 채를 지닌 부자로 신분이 상승된 느긋한 기분이 들기도 했다.
　이사한 후, 이 카페로 일몰 풍경을 보러 오는 것이 벌써 세 번째다. 덕희를 불러낼까 하다가 그만둔다. 아직 집 정리가 제대로 마무리되지 않아 덕희를 집으로 초대하려면 시간이 좀 더 필요하다. 이사한 줄 알면 덕희가 깜짝 놀라서 달려올 것이다. 옷가지, 가구, 살림살이 등등 몽땅 다 박 사장 회사

직원들을 불러, 순식간에 정리정돈까지 끝내려고 덤벼들 것이 뻔하다. 덕희의 끝도 없는 마음 씀이 한없이 고맙긴 하지만 마냥 받고 있을 수만은 없다. 이삿짐을 숟가락 하나까지 송두리째 친구한테 다 내보인다는 것도 그다지 내키지 않는 일이다. 이삿짐 속에 알알이 박혀 있는 묵은 사연들이 나를 너무나 잘 알고 있는 사람의 손을 거쳐 정리된다는 것이 어쩐지 편하지 않다.

커피잔을 다 비우기도 전에, 카페 창밖 바다 위로 해가 막 떨어지고 있다. 전율이 느껴질 만큼 아름답다. 이런 모습을 눈에 넣을 수 있다는 것만 해도 큰 축복일 것이다. 젊은 날 사랑에 빠졌던 그 시절에는 특별한 무엇인가가 저절로 가까이 다가와서 축복해 줄 것이라고 믿었다. 삶의 갈피갈피마다 신비롭고 경이롭고 감동이 흐르는 가슴 벅찬 일들이 몰래 꼬리를 감추고 있다가, 적절히 때를 맞춰서 날개를 퍼덕여 줄 줄 알았다. 단지 그런 희망을 가졌을 뿐인데 인생은 무슨 비밀을 이토록이나 방대하게 품은 채로 매 순간 사람을 시험하고 있는 것인지. 설옥은 휴대폰을 꺼내 해 지는 풍경을 찍고 또 찍는다.

집으로 돌아가기 위해 주차장에서 차에 오르는데, 누가 덥석 팔을 붙잡는다.

"옴마야, 이기 누고? 우리가 같은 커피숍에 있었단 말이

가. 딱 걸렸네, 걸렸어."

덕희다. 그녀는 눈을 동그랗게 뜨고 벌어진 입을 다물지 못한다.

"아…"

설옥도 놀라서 동작을 멈춘다.

"온다 간다 소리 한마디 없이… 니, 니, 진짜로 이리할 끼가?"

"미안해, 들켜 버렸네."

"혼자 몰래, 이기 무슨 짓이고?"

"그 집으로 이사했어, 알리면 너 당장 달려올까 봐 좀 정리되면 연락하려고 했지."

"세상에… 암만 그래도 그렇지, 내가 니한테 돌미더덕 한 개만큼의 존재도 아인가배. 야, 진짜 섭섭타…"

"내 진심 알잖아. 너한테 자꾸 신세만 지고… 진해가 아담하긴 아담한가 봐."

"이 동네에선 방구만 한 대 탁 발사해도 냄새가 창원 마산까지 확 퍼진다 아이가. 근데, 이라기 있나? 진짜로…"

"미안해. 맛있는 저녁 살게. 화 풀어."

"저녁을 니가 와 사노. 저 아저씨가 사야지. 어서 와서 인사 하이소. 설옥이도 이 카페에서 혼자 차 마셨다 카네예."

덕희의 남편이 카페 안에서 걸어 나오다가 설옥을 발견한다.

"아이고, 귀한 분을 뵙습니다. 우째 이렇게 만나노. 당신, 말도 안 하더만은."

"나도 방금, 여기서 보는 깁니더. 설옥이가 내한테 한마디도 안 하고 진해로 이사 왔다 카네예. 힘들었을 낀데 맛있는 저녁이나 사 주이소."

"이사를 혼자서 하셨다꼬? 아이고, 당신 진작에 블랙리스트에 올라 있었던가베."

"그러게 말입니더. 저녁이나 사 주이소."

"뭐 드실랍니꺼? 한우 고기 잘하는 풍호동 토담집으로 모셔도 되겠습니꺼?"

"예, 전 아무거나…"

"그라모 그 집으로 가입시다,"

"니 차는 여기 세워 두고 저 아저씨 차 타고 가자, 저녁 먹고 와서 또 차 한잔하거로. 니, 진짜, 독단적으로 이리할 끼가…"

식당은 서울과 비교해도 손색이 없을 만큼 꽤 훌륭한 시설을 갖추고 있다. 고기맛도 아주 연하고 부드러워서 설옥은 모처럼 입맛이 당긴다. 오랜 단골손님인지, 덕희 부부가 식당에 들어설 때부터 직원들의 대접이 남달랐다. 식사 후의 디저트도 우전과 최고급 과일이다.

"마누라 친구한테 과일도 좀 집어 주고 그라소, 우째 이리

투박하실꼬."

"뭐라카노? 설옥씨는 예의 없이 막 설치는 남자 제일 싫어하실 낀데… 그래서 젊잖케 앉아 있는 중이구만."

그 말에 설옥은 웃음이 터진다. 덕희가 집어 주는 보라색 자몽은 달콤쌉싸름하면서도 감칠맛이 난다.

"우전은 천천히 우려내서 마셔야 제맛을 음미할 수 있다 아이가. 나머지 정리는 내일 가서 싹 다 해결해 줄 테니까, 걱정 말고 오늘밤 푹, 자라. 알겠제?"

"아니야, 내가 마무리할게. 제발 오지 마. 초대할 때까지."

"친구 좋다 카는 기 뭡니까. 힘들 때 서로 돕고 그라는 깁니더. 당신이 내일 책임지고 정리해 드려라. 모르긴 해도 이사를 혼자 한다카는 건, 참 쓸쓸한 일 아이가. 신세 진다는 생각은 일체 하지 마시고 뭐든지 편하게 부탁하이소. 그래야 우리도 마음이 편합니더."

"이 아저씨, 말씀 새겨들었제? 앞으로 우째야 되는지 정답이 딱 나오제?"

덕희는 우려낸 녹차를 한 잔씩 따라 주며 농담을 한다. 덕희도 한때 남편의 휘청이는 사업 때문에 갈등을 겪긴 했었다. 그러나 폭풍이 다 지나간 후, 두 사람은 더욱 사이가 돈독해졌다.

"이 사람이 남편을 장난감처럼 갖꼬 놉니다. 지 동생 취급하면서."

"호호… 덕희가 박 사장님을 얼마나 사랑하는데요. 하루라도 옆에 없으면 불안하대요. 예전에 아프리카에 몇 년 가 계셨을 때, 살아도 사는 게 아니라고, 얼마나 애를 태우는지."

"니, 그런 걸 뭣 땜에 지금 폭로하노, 일급비밀인 내 개인사를."

덕희가 눈을 흘긴다.

"저래 큰소리 팡팡 치는 기 사랑스럽다 아입니꺼? 내 믿고 그란다 싶어, 책임감도 생기고… 그건 그렇고, 설옥씨, 진해로 이사 오신 건 대 환영합니다. 이때쯤 생활 공간을 한번 바까보는 것도 기분 전환에 도움이 될 낍니다. 앞으로 종종 서로 만나면서, 맛있는 것도 먹고, 멋진 곳에 드라이브도 가고 그렇게 합시다."

"자꾸 신세 지게 생겼어요. 항상 덕희한테 폐만 끼치고 사는데…"

"뭐라 캅니까? 우리 집사람이 설옥씨 아니면 이 세상에 말 통하는 사람 하나 없다면서 진짜 좋아하는 베스트프렌드 아입니꺼. 세호하고 우리 막내 석준이하고 친형제처럼 지내는 이유도 다 전생에 인연이 있어서 가까이 지내게 된 낍니더."

"감사해요. 늘…"

"인사는 고만하고, 우리끼리 아까 그 카페에 차 마시러 가자. 당신은 사모님 두 분 좀 모셔다 주고, 먼저 집에 가시든가 안 그라모 몰래 숨카 놓은 여자를 만나러 가시든가 알아서 하이소."

"안 그래도 그녀한테 벌써 연락해 놨다, 장복산 숲속 그때 그 바위 밑에 번개보다 더 빨리 나와 있으라꼬. 가입시더 사모님들."

한밤중에 눈이 뜨인다. 토막잠을 자는 습관 때문이다. 꿈을 꾼 것도 같고, 아닌 것도 같다. 딱히 기억나지 않는 어수선한 장면들이 설옥의 머릿속에 잔뜩 거미줄을 치고 있다. 짐을 챙기면서 박스 안에 넣어 두었던 편지들을 다 태워 버릴까 하다가, 차마 그러지 못했다. 그 편지들을 세상에 절대 노출해서는 안될 보물처럼 꼭꼭 숨겨 두었었다. 그걸 남편이 몰래 뒤져 보았다는 생각에, 두드러기가 솟은 것처럼 온몸이 따끔거렸다. 더구나 온갖 의심을 가득 품고 있었다니, 헛웃음밖에 나오지 않았다. 우연히 편지들을 읽게 되었더라도 아무 말도 하지 않을 순 없었을까. 아니, 작정을 하고 몽땅 뒤져 봤더라도, 못 본 척 그냥 넘어가 줄 수는 없었을까. 그 일을 빌미 삼아, 뒤에서 몰래 여자를 숨겨 두고 있었다는 사실은 용서가 되지 않았다. 이미 지나가 버린 수십 년 전의 사랑 이야기일 뿐이었다. 결혼도 하기 전, 풋풋하고 싱그러웠던 이십 대를 잠시 물들였던 과거일 뿐이었다. 추억을 잃어버리기 싫었던 마음이 그렇게도 깊은 불신을 품게 될 일이었을까.

 설옥은 침대에서 일어나 시계를 본다. 새벽 다섯 시를 넘어서고 있다. 오늘은 비교적 늦게 잠이 깬 편이다. 항상 새벽 3시만 되면 저절로 눈이 뜨였다. 혼자된 후로는 깊게 잠들지 못하는 습관이 감물 들듯 몸에 배어 버렸다.

 서로 자신의 방으로 들어가 버리면 아침에 눈뜰 때까지 화장실 출입할 때 외에는 밖으로 나오지 않았던 생활이었다. 정해진 규칙을 지키듯 그런 날들을 반복했었다. 만약 그 여자가 찾아오지만 않았다면, 이혼을 생각하지 않았을 것이다. 남편에게 여자가 있었다는 사실을 모르는 채로, 겉으로는 다른 부부들처럼 별다른 파동 없이 늙어가고 있었을 것이다. 남편 또한 자신이 설계한 그림대로 남들에게는 아무렇지도 않아 보이는 노후를 맞으려고 했을 테고.

 끓인 물로 녹차를 우려낸 후, 거실 옆 발코니로 나간다. 발코니에서 바라다보이는 먼 바다는 밤새 끼얹어 놓은 먹물을 조금씩 삼키고 있다. 서울의 한 동네보다 더 작은 진해로 선뜻 이사를 왔다는 지금의 시간이 아직 실감나진 않는다. 설옥은 찻잔을 발코니 화분 받침대 위에 내려놓고, 슬며시 손등을 꼬집어 본다. 몇 번 그 짓을 반복하다가 짧은 비명을 터뜨린다. 통증이 피부 속으로 파고드는 걸 보니 정신이 제자리에 있기는 있는 모양이다. 이 작은 도시에도 차차 스며들겠지. 그렇지만 뭐가 급했길래 이렇게 서둘렀을까. 설옥은 자신에게 말한다. 머릿속에 떠오르는 생각 하나하나를 아니라고 부정해 본다. 아니지, 이건 아니지… 하지만 다른 모든 생각들을 젖히고 가장 앞줄에 자리를 잡고야 마는 그 갈증을 눌러 버리지 못한다.

휴대폰을 열어서 입력해 두었던 번호를 찾아본다. 서 민규… 이 번호를 입력해 놓은 지, 두 달이 넘어가고 있다. 만약 덜컥 전화를 받아 버린다면? 그래서 어색한 목소리로 무슨 말인가를 하게 된다면? 그 사람도 아들딸이 있겠지. 물론 아내도… 어떤 여자를 만나서 살고 있을까. 지난 시절의 추억을 단 한 토막이라도 기억하고 있을까. 이렇게 나이가 든 채로 한 번쯤 만남을 가져도 되는 사람이긴 할까.

휴대폰이 운다. 세호다.

"이 소위, 새벽에 무슨 일이니?"

"어머니, 나폴리 항에 지금 막 내렸어요. 한 달째 배 안에 있다가 육지에 내리니까 신대륙을 발견한 것 같아요. 제 메일 받으셨어요?"

"그럼. 아까워서 빨리 못 읽고 아껴 뒀어. 지금 막 읽으려던 참이야. 힘들지 않니? 건강은 괜찮아?"

"바다의 사나이, 건강 이상 없습니다!"

"여기도 이상 없어. 아들 목소리만 들으면 왜 이렇게 가슴이 뛰지? 꼭 첫사랑이랑 통화하는 것 같고…"

말을 해 놓고 괜히 마음이 부풀어 오른다. 첫사랑이랑 통화하는 것 같다니… 무심코 툭, 뱉은 첫사랑이라는 단어가 소 발톱 같던 설옥의 무딘 감각들을 슬쩍 건드리고 지나간다.

"하하하, 어머니한테 사랑이 찾아오려나 봅니다, 좋은 징조예요."

"아들을 너무 믿으니까 아무렇지도 않게 그런 말이 나오네."

설옥은 자꾸 무슨 말을 덧붙이려고 애를 쓴다.

"무슨 말씀이세요? 사랑은 어느날 갑자기 폭죽처럼 터져 버리는 거예요. 우리 어머니께 그런 날들이 찾아오길 열렬히 소망합니다."

"이 소위님, 그대 사랑이나 잘 관리하세요."

"예! 이 소위! 명심하겠습니다! 충성!"

휴대폰을 끈 후, 설옥은 커피를 연하게 내려서 들고, 발코니 간이의자에 앉아 노트북을 연다.

🪶 사랑하는 어머니께.

가을이 없는 날들을 맞기는 처음인 것 같습니다. 진해항을 떠나올 때는 벚꽃이 눈가루처럼 휘날려 육지 훈련을 받거나, 책을 읽기에는 더없이 좋은 날씨였는데, 열대기후 국가에만 기항하고 있어서 겨울이 과연 존재하는 계절일까라는 의구심이 들기도 합니다.

그렇지만 저와 저의 동료들 모두는 밤낮없이 배움과 도전의 항해에 몸과 마음을 다 쏟고 있기에, 감상에 젖어 계절을 따져볼 만한 여유조차 없습니다.

그립습니다 어머니.

어머니께서는 이런 말 하는 제게 연두가 네 맘속에 있잖아, 하시면서 약간은 질투하실지도 모르겠습니다. 그러나 제게 있어서 어머니는 이 세상에 딱 한 분뿐인 제 삶의 뿌리이십니다. 드넓은 대양에 설 때마다 어머니의 품을 떠올리게 되는 건, 아무리 넓다고 해도 이 바다가 과연 어머니를 대신할 수 있을까, 에 대한 답을 확연히 깨우칠 수 있기 때문입니다. 갑판에 서서 지난날 제 자신의 옹졸했음을 많이도 반성하곤 합니다. 어머니를 바라보면서 자랐건만 사고의 영역에서 항상 어머니의 깊음을 따라갈 수 없으니 제 공부가 아직은 기초단계에도 못 미친다 싶습니다. 지금에야 말할 수 있을 것 같습니다. 아버지가 떠나신 후, 어머니께서 저 몰래 흘리신 눈물의 의미를요.

어찌 그렇게도 비명 소리 한번 내지 않고 참아낼 수 있으셨는지요.

고모들이 장례식장에 몰려와서 어머니를 공격했을 때, 어머니는 아예 대응을 않으셨습니다. 아버지한테 여자가 있었다는 사실마저 그들은 당연시했습니다.

심지어 어머니한테 남자가 있었기 때문에 아버지가 그럴 수밖에 없었다는 독설까지 마구 퍼부었습니다. 어머니한테 남자라니요? 어떻게 그런 말을 할 수가 있을까요?

언젠가 아버지께서, 어머니가 과거에 사귀었던 남자의 편지를 간직하고 있다고 알려 주셨습니다. 저는 그때, 아버지가 무척 옹졸하다고 느꼈습니다. 아버지와의 결혼 생활에 너무 빠져들다 보니 무심코 정리하지 못했을 수도 있지 않느냐고 제 의견을 말했던 기억이 납니다. 설사 그 편지를 일부러 간직하고 있었다고 해도 저는 어머니를 탓할 마음이 없습니다. 그 추억은 어머니만의 세계 아닌가요. 꽃다운 이십대 때, 누군가를 사랑했었다는 사실이 왜 불화의 씨앗이 되어야 하는지, 납득하기 힘들었습니다. 연두가 저와 만나기 전에, 다른 남자를 사랑했었다고 해도 저의 연두에 대한 사랑은 불변입니다. 연두의 과거는 연두만의 고유한 영역일 테니까요. 그 사유의 공간은 서로 지켜 주어야 함이 마땅합니다.

날뛰던 무리들에게 내내 말없음으로 항변하시던 어머니의 모습이 제겐 성녀처럼 보였습니다. 제가 분을 참지 못하고 나서려 하자, 어머니께서 단호하게 막으셨지요.

"아버지, 보내 드려야지…"

그 말이 저를 무척이나 서럽게 했습니다.

어머니는 아버지께 한 톨의 흐트러짐 없이 예의를 다하셨습니다. 그러니 이젠 울지 마십시오.

햇빛 화창한 날에, 산책도 하고, 극장에도 가고, 멋진 카페에서 덕희 아줌마랑 커피 타임도 자주 가지세요. 그러다가 알 수 없는 멋진 하루가 어느 날 불쑥 다가온다면 주저 없이 대문을 박차고 나가십시오.

이번 순항 훈련에는 베트남, 말레이시아, 인도, 인도네시아를 방문했습니다. 이태리를 벗어나도 아직 다섯 나라를 더 가야 합니다. 그 나라들을 오가면서 말라카 해협, 인도양, 순다 해협의 거대한 파도를 넘을 때는 아찔한 순간도 많았습니다. 말로만 듣던 험난한 바닷길, 생명선을 지나쳐 왔다는 것을 나중에야 알게 되었죠. 기항지에서 만난 현지 해군들, 바다 위에 떠 있는 수많은 화물선과 어선들을 보면서 해군으로서 지녀야 할 신념과 목표가 무엇인지를 단단히 장전했습니다.

우리 해군은 이제 세계 속에 우뚝 서 있습니다. 미 해군이 최강이라고는 하지만, 한국의 해군 역시 어느 나라와 견주어도 뒤지지 않습니다. 이 주일 후에는 버지니아주 노퍽에 있는 미국 해군기지로 갑니다. 거기서 혹독하기로 유명한 지옥의 수중 훈련을 받아야 합니다. 미 해군 SEAL의 훈련 과정은 세계에서 가장 극한의 도전적인 프로그램이라고 하지만, 전 오히려 거세게 호기심이 솟구칩니다. 제가 워낙 수중 침투를 좋아하지 않습니까. 힘들다고는 하지만 이 훈련이 앞으로 겪어 내야 할 최고급 수중 훈련의 가장 기초단계라고 하니까, 벌써부터 흥미진진합니다.

사랑하는 어머니.

연두는 어머니처럼 조용하고, 속이 깊어, 제 아내로서 별 모자람이 없다 싶은데 어머니 판단은 어떠신지요. 연두는 해군의 아내가 되면, 부부 동반으로 배 위에서 선상 파티를 한다는 것이 상상만 해도 행복하다고 합니다. 단지 그것에 대한 로망만으로는 해군의 아내가 될 수 없다고 하니까, 다른 문제는 상황에 따라 서로 충분히 의견을 나누면서 소통을 해 나가면 갈등을 겪을 일이 없을 거라고 딱 부러지게 정리를 합니다. 그리고, 연두는 드라마 작가가 될 거라서 혼자 있는 시간을 무지하게 소중히 여긴다고 하네요.

훈련소집 나팔 소리가 들립니다.

참, 어머니 혼자 적적하시다고 연두가 주말에 연락

드려도 되냐고 물어보길래, 직접 전화 드리라고 했습니다, 어머니를 아직은 좀 어려워 합니다.

빨리 가까워지긴 조금 힘들지만, 막상 친해지면 연분홍빛 벚꽃이라고 어머니를 자랑했습니다. 저, 잘했죠?

이 세호 소위 드림.

🪶 세호에게.

치마폭 붙잡고 늘어지던 조그만 꼬마가, 바다를 호령하는 어엿한 해군 장교가 된게 맞을까, 믿어지지 않는다. 간결한 문자로만 근황을 보내왔던 때와는 달리, 이번 메일은 너의 동태를 지도를 보듯 정확하게 파악할 수 있었어. 이 시간에도 오대양, 육대주를 샅샅이 누비는 너를 그려 보면, 혼탁하던 핏줄에 다시 맑은 피를 수혈하는 것 같다. 아들 덕분에 나이 든 엄마도 새로운 세계를 꿈꾸게 되네.

살아가다 보면 서글픈 일들이 많아. 웃기는 건 떼거리들이 뭉쳐서 한 사람을 타작해 버리면, 그 한 사람은 나락으로 굴러떨어지기 십상이지. 전후, 좌우도 없어. 그냥 마구 매질을 당하는 거야. 그런 틈에서 무엇이라고 나를 변명할 수 있었겠니.

차갑게, 냉정하게, 도도하게, 남편과 시댁 식구들을

개무시해 온 덕에 소원대로 돈 많은 과부가 됐으니, 속 시원하냐... 집안을 싹 말아먹고 나니 살맛이 나냐... 눈독 들이던 보상금 두둑이 차지해서, 강남 부자가 안 부럽겠네...

그런 말들이 날아와 내 귀에 꽂힐 때, 속으로는 머리에 잔뜩 이고 있던 짐들을 하나씩 내려놓는 기분이었다. 이제 끝이구나 싶어서였지.

세호야.

꼭 해 주고 싶은 말이 있어. 너는 아버지를 각별히 느껴야 돼. 우리는 서로 다른 방향을 보고 걸었던 부부였긴 했지만, 아버진 너를 끔찍이 사랑했지 않니. 자신이 꾸려 왔던 삶의 궤적들을 온전히 위로받고 싶었을 거야, 아들한테...

당연히 아버지도 자신이 하고 싶은 말을 다 하지 못했을 테지. 나하고의 관계에서도 고쳐서 다시 시도해 보려 했던 것들이 많지 않았을까. 내가 그랬듯이.

사랑한다, 아들.

잠결에 저절로 눈이 떠져서 일어나 보면 네가 없어. 꿈속에 왔다가 간 거지. 또 너를 만날 욕심으로 잠을 청해. 그런 날이 반복되는 게 행복하단다. 그렇다고 너의 연애를 방해할 생각은 없으니까 안심해.

　　　　　　　　　　　　　　　　새벽에 엄마가.

🖋 어머니.

오늘따라 유난히 나라를 지키기 위해 자신을 희생했던 옛 선현들의 기록에 눈길이 멈췄습니다.

1371년 봄, 나주 호장(고려 시대 지방행정을 맡아보던 향리 중 가장 높은 직급) 정침이 제주로 향하는 배를 타고 있었습니다. 그 바닷길에서 하필 왜구를 만나고 말았습니다. 중과부적이라며, 다들 항복할 궁리만 하고 있던 때, 정침은 혼자 극렬히 저항했습니다. 마침내 화살이 다 떨어지자, 정침은 관복을 갖춰 입고 정좌했다가 바다에 뛰어들어 자결했습니다. 몇 년 후, 나주로 유배 온 정 도전이, 다들 목숨을 부지할 수 있었음에도 굳이 죽음을 택한 정침의 어리석음을 조롱하는 말을 듣고, 크게 느낀 바가 있어 '정침전'이라는 글을 지었다고 합니다.

'죽고 사는 것이 아무리 큰일이라고는 하나, 의리와 명예를 더 중히 여기는 사람도 있다. 사람들이 다 이렇게 의로운 일을 하지는 못하더라도, 이 일이 명예롭다는 것을 알지 못하고 이 사람을 알아주지도 않는다면, 죽음을 무릅쓰고 사람의 도리를 다할 사람이 누가 있겠는가.'

정침이 하나뿐인 목숨을 스스럼없이 던졌던 것은 훗날에 자신의 순수했던 결의가 알려지기를 바랬기 때문은 아니었을 겁니다. 죽는 길을 택한 것은 그 순간까지 그가 그렇게 걸어왔기 때문이었을 겁니다. 항복해서 목숨을 구걸하는 건, 결코 정침의 길은 아니었던 것입니다.

오늘의 교육은 정침에 뒤지지 않을 저희 해군 선배님의 의로운 희생을, 다시 되새김해 보는 것으로 마무리되었습니다.

1987년 봄, 선박 전복 사고가 잦던 제주 해협에서 47명이 승선한 대형 선박이 좌초되었습니다. 그때, 전복된 배 안에 갇혀 있던 12명의 선원들을 구출해 낸 서 민규 대위.

그는 우리 해군 해난구조대(SSU)의 살아 있는 전설입니다. 선박 에어포켓에 남아 있던 마지막 선원을 구출해 나오던 중, 갑자기 나타난 식인 상어와 맞딱뜨린 대원들이 당황하자, 서 민규 대위는 상어의 공격 방향을 자신에게로 유인하는 데 성공했고, 구조대원들과 선원들을 모두 바다 위로 올려 보냈습니다. 그리고 혼자 남은 서 민규 대위는 외로운 사투를 벌이다가 다리 한쪽이 절단된 채로 물 위로 떠올랐습니다. 기적적으로 목숨은 건졌으나 결국 장애인이 되어 버린 서 민규 대위.

한쪽 다리만 잃은 것을 다행이라고 말하는 대원들도

있습니다. 목숨을 건진 것만으로도 기적이라고 합니다. 만약, 서 대위가 그들을 외면하고 혼자 바다를 빠져나갔다면 그에겐 분명히 아무 일도 일어나지 않았을 것입니다. 우리 각자가 서 민규 대위였다면 어떤 행동을 했어야 했는지에 대해 오랜 시간 의견을 주고받았습니다.

해군으로서의 명예와, 의리, 그리고 희생...

더 고귀한 포인트가 있습니다. 해군사령부에서 수차례에 걸쳐, 서 민규 대위를 초청해, 포상도 하고 기념식도 가질 계획을 세웠지만, 그 모든 호의가 거절되었다는 사실입니다.

서 대위로부터, '해군의 길을 걸었을 뿐'이라는 짤막한 답변만 돌아왔다고 합니다. 생과 사의 갈림길에서, 의리를 지키기 위해 자신을 버리는 것은 해군이 당연히 가야 할 길이라고 한결같이 말합니다.

만약 제가 그 상황이었다면 그럴 수 있었을까...

어머니, 사념이 깊은 오늘밤입니다.

🪶 사랑하는 아들.

이번 글을 읽고, 엄마도 여러 날, 꼬박 뜬눈이었다. 바른 도리를 따르기 위해 자신을 던졌다는 감동스토리는 너무나 정형화된 이야기라서, 이미 잘 알려진 이야기들 사이에 그저 하나 더 보태진 이야기거니 했었다.

서 민규 대위.
남을 구하려고 자신을 던진 사람.
그는 단지 다리 하나를 잃은 것이 아닐 것이야. 위기의 순간과 마주섰을 때, 이미 자신의 목숨을 단념했고, 그 뒤의 일은 저절로 행해졌을 것이야. 그것이 그분의 굽힘 없는 자아였을 것.
아, 진정으로 그런 분이 있었다니...
서투른 의협심 따위로 우리가 함부로 그분을 칭송해서는 안될 것이야. 살아가면서 감당했어야 할 그분의 하염없는 절망을, 우리의 몇 마디 위로가 대신할 수 없기에.
자신의 선의를, 선의가 아닌 사명으로 일관했던 서 민규 대위.
너로 인해, 서 민규 대위가 걸었던 그 길이 무척 아프다.

산책을 나선다. 골목에는 사람들이 오가고 있다. 개발이 제한된 군사도시라서 마구잡이식 변화가 닥쳤던 곳은 아니지만, 거리마다 골목마다 소규모의 바뀜은 있었다. 경화역도 여객 업무가 중단된 지 오래되었는데, 지금은 군항제 기간 동안에만 관광객을 위해 업무가 재개된다고 한다. 그때 그 자리가 여기쯤이었던가… 어디였던지를 꼼꼼하게 짚어가면서 천천히 발걸음을 옮겨 본다. 서 대위와 만나곤 했던 경화역사는 새롭게 공원으로 단장되어 군항제 축제의 한 장소가 되고 있다. 설옥은 천천히 역사 안으로 들어선다.

 축제가 끝났지만 진해 거리 곳곳에는 아직도 벚꽃이 한창이었다. 택시에서 내려 시계를 보니, 약속한 시간이 30분쯤 남아 있었다. 설옥은 대합실 안으로 들어서서 기차가 제 시간에 도착하는지를 물어보았다. 확실하진 않지만 거의 제 시간에 도착할 거라는 역무원의 상투적인 대답이었다. 기차 연착이 예사였으므로 마음을 느긋하게 먹고 기다려야겠다고 작정하며 화장실 거울 앞에서 옷매무새를 고치고 또 고쳤다. 만남의 횟수가 3년을 넘기면서 서 민규는 한층 더 믿음직스럽게 설옥의 마음에 뿌리를 내렸다. 약속한 것은 하늘이 두 쪽 나도 지켰으며, 남자들이 흔히 지니고 있는 허세나 잘난 척하는 기질도 없었다. 군더더기 없는 솔직한 성격은 설옥을 사로잡기에 충분했다. 예상했던 것보다 집안 환경도 넉넉하고, 누나들도 다 잘 돼 있어서 그런지, 성격이 구부러진 데도 없었다. 요즘 들어, 서 대위가 청혼하지 않더냐고 엄마가 자꾸 물어 대는 바람에 설옥은 프러포즈를 받는 장면을 혼자 그려 본 적도 많았다.

예측대로 기차는 1시간이나 늦게 도착했다. 플랫폼에 서서 기차가 도착하는 쪽을 눈이 빠지게 살피고 있던 설옥은 기차가 채 정차하기도 전에 밖으로 뛰어내려 주위를 두리번거리던 남자와 눈이 마주쳤다. 하얀 제복이 너무나 잘 어울리는 멋진 남자가 활짝 웃으며 설옥을 향해 성큼성큼 걸어왔다. 서 대위를 향해 바삐 걸어가는 설옥의 핑크색 원피스 자락이 부드러운 물보라를 일으키며 찰랑거렸다. 서 대위가 다가와 가쁜 숨을 몰아쉬며 설옥의 어깨를 안았다.

"오래 기다렸죠?"

"아뇨, 지금 막 왔는걸요."

"많이 기다렸다고 요기 쓰여 있는데."

서 대위가 손가락을 세워 설옥의 이마를 톡 쳤다.

"배고파서 이마에 주름 간 거예요."

"나 기다리다가 배고파서 쓰러질 뻔했군요."

"뭐, 그런 셈이죠."

"배 많이 고파요? 혹시… 허기져서 쓰러지기 직전 아니면, 저녁 먹기 전에 잠시 함께할 일이 있는데, 괜찮겠어요?"

"무슨 급한 일이에요?"

"같이 가 보면 알게 될 겁니다."

서 대위가 설옥의 손을 꼭 잡고 대합실을 빠져나갔다. 군데군데 벚꽃이 조용히 낙화하고 있기는 했지만 경화역 주변의 나뭇가지에는 아직 눈송이 같은 벚꽃이 조롱조롱 매달려 있었다. 가끔 불어오는 바람 탓에 휘날리는 벚꽃이 설옥의 뺨을 애무하듯 스쳐지나갔다.

"자, 여기… 제가 미리 탐사해 두었던 장소인데, 마음에 들지 모르겠습니다."

서 대위는 가장 큼지막하게 뻗어 있는 벚꽃 나무 아래로 가서 설옥을 멈춰 세웠다.

"잠시 왼손 좀 내밀어 보십시오."

"…왼손을요?"

"예."

설옥이 머뭇거리며 왼손을 내밀자, 서 대위가 바지 주머니 속에서 무엇인가를 꺼냈다. 설옥의 입에서 아, 하는 탄성이 터져 나왔다.

"저와 결혼해 주십시오. 설옥씨와 이 세상 끝까지, 함께 걸어가고 싶습니다."

서 민규가 설옥의 왼손 약지에 반지를 끼워 준 후 살짝 입맞춤을 했다. 두근거리던 가슴이 터져 버릴 것 같았다.

"결혼이라니요… 너무 갑작스러워요."

"우리가 처음 만났던 날, 그날 설옥씨와의 결혼을 결심했습니다. 집으로 돌아가서 꼬박 밤을 샜는데도 아침에 정신이 그렇게 맑을 수가 없었습니다. 어느 여인도 설옥씨를 대신할 수 없다는 걸 그 순간에 절실히 느꼈어요."

서 민규의 두 눈에 별빛 같은 물기가 서려, 반짝이고 있었다. 이 사람은 진심으로 사랑에 빠졌구나…

"사실은 저도 결혼하자는 말, 기다리고 있었어요. 언제 그 말을 들을 수 있을까…"

설옥의 말이 끝나기도 전에 서 민규의 입술이 설옥의 입술을 세차게 눌렀다. 두 사람은 으스러지게 서로를 껴안았다. 남아 있던 벚꽃잎이 살며시 떨어져 내리고, 밤은 여물어 가는 소리조차 내지 못한 채, 살금살금 어둠의 담장을 쌓아 올리고 있었다.

찌르르르… 전류 같은 것이 설옥을 휘감아 온다. 어쩌면 이렇게도 생생할까. 곳곳에 봉인되어 있다가, 그 모습을 드러낼 때는 주저함이 없다. 완성된 영화가 상영되듯, 그냥 쉬임 없이 필름이 돌아가 버린다. 숨이 턱에 닿을 때까지 찾고 또 찾았던 그의 소식을 세호의 편지 속에서 알게 될 줄은 몰랐다. 세호가 깊이 존경하고 있던 사람이 서 민규라니…

설옥의 가슴 저 밑바닥에서 참을 수 없는 설움이 올라온다. 자신이 행한 일을 고스란히 껴안은 채 아무도 모르는 곳으로 숨어 버렸던 민규의 뜻이 헤아려지자, 주저앉아 통곡이라도 하고 싶은 심정이었다.

'그랬다 해도, 나타났어야지. 이런 까닭이 있었노라고 말을 했어야지. 바보같이 흔적을 감춰 버리면 어떡해…'

만약 그때 서 민규가 나타났었다면, 아무 주저함 없이 그의 손을 잡아 줄 수 있었을까. 진심으로 그럴 수 있었을까. 양쪽 뺨으로 굵은 눈물방울이 타 내린다. 손등으로 뺨을 자꾸 훔친다. 눈물을 멈출 수가 없어, 역사 안 빈 의자에 무너지듯 앉는다. 전화를 해 볼까? 만나면 무슨 이야기를 해야 하나? 사고를 피해 갈 수 있었는데, 왜 피해 가지 않았느냐, 바보같이 그러지만 않았다면 우리가 이별하지 않아도 되지 않았느냐… 설옥의 머릿속으로 처참하게 추억을 뭉개 버리는 또 다른 장면들이 침범한다.

'보상금 혼자 다 독차지할 거야? 한밤중에 거리로 내쫓아 개죽음을 당하게 만드는 게 사람으로서의 도리야? 독하다, 독해! 남자가 바람 좀 피울 수도 있지, 남편 있는 여자가 평생 가슴속에 딴 놈을 품고 사는데, 바람 안 피우는 남자가 등신이지. 어디, 학생들한테 좋은 시 외우라고 우아하게 말하던 그 입으로 변명 한번 해 보시지? 세호 아버지 말로는 올케가 그 남자, 평생 가슴속에 품고 살았다던데? 다 알고 있었어도 우리는 내색하지 않고 모르는 척하고 있었어. 결국 사람 명줄 끊어 버린 게 그 보답이야? 그러면서 선생질을 해? 웃기지 마. 올케! 그런 사람으로 안 봤는데, 진짜, 얼굴 두껍네. 이 세상에 믿을 사람 없다더니… 우리가 완전 속은 거야, 완전히! 마누라가 이혼하자고 난리를 떨어서 집 나와

버렸다는 마지막 통화가, 내 심장을 갈갈이 찢어 놓고 있다고!'

　남편의 죽음이 설옥의 계략이었다고까지 단정했던 시누이의 정신상태를 설옥은 지금도 의심한다. 어떻게 그런 말을 할 수가 있는지, 그날의 모멸감을 삭이느라 몇 달 동안 자리에 누워지내다시피 했었다. 남편은 마누라와의 냉랭했던 관계를 시댁 식구들에게 낱낱이 보고를 해 왔던 모양이었다. 장례식이 끝나자마자, 집으로 우르르 몰려와 설옥을 앉혀 놓고 따지던 그 얼굴들을 보지 않고 살아도 된다는 사실이 너무나 홀가분했다. 그들이 미친 사람처럼 펄펄 날뛰어댔어도, 설옥은 입을 열지 않았다. 사람이 떠난 자리에 들이닥쳐서, 패악질을 해대는 것이 오직 보상금 때문이라는 걸 모르지 않았으므로, 그들과 섞여서 언성을 높일 생각은 없었다.

　만약 서 민규와의 추억이라도 없었다면, 아직도 극한의 냉기 속에 머물러 있었을 것이다. 마누라를 조롱거리로 전락시켜 버렸던 남편이라는 사람. 그와의 세월들이 기차 바퀴에 깔려 마구 토막 나고 있었다. 설옥은 눈을 감았다.

　저녁 무렵, 덕희가 반찬들을 한아름 싣고 들이닥친다. 자고 갈 거라고 집 안으로 들어서자마자 미리 못을 박으며 먹을거리를 잔뜩 꺼내 놓는다.

"밥까지 다 해 왔거든, 냉동해 놓고 하나씩 꺼내 묵으모 될 끼다. 연잎에 싼 영양밥이다."

"호박 된장찌개하고 나물 반찬 해 놨는데, 무슨 밥까지 다 해 와."

"내 솜씨 한번 보모, 식당에 안 갈라 칼 낀데. 내 실력 우리 동네서는 제법 소문이 나 있거든. 상 차려서 퍼뜩 묵자, 허기가 져서 저승에 불려 가기 직전이다."

덕희의 반찬 솜씨는 상당한 수준이었다.

"그림 그린다고 시간도 없었을 텐데, 이 빛나는 솜씨는 또 뭐야?"

"별 거 아이다. 대충 눈으로 습득한 기지. 우리집 아저씨한테 잘할 건 없고, 밥이라도 따시게 먹이야겠다 싶어서, 성의를 보이고 있는 기지, 뭐. 내가 크게 한번 저질렀다 아이가. 그거 다 처리해 주면서 눈치 한번 안 주길래. 심지는 굳건한 싸나이구나 했지."

덕희는 주식에 손을 댔다가 5억 가까이 날린 적 있다.

"이 세상에 정말 그런 사람 없어. 훌륭한 인품을 갖춘 분이지. 그런데 네가 복 받을 짓을 하잖아."

"공치사 들을라꼬, 그 말한 건 아이고… 세상엔 우리 아저씨보다 몇 배, 더 좋은 남자도 수두룩하데이."

"… 에이… 그런 사람 본 적 있니?"

"당연하지."

"어디서?"

"사랑했던 여인을 그리워하면서 평생 독신으로 굽힘 없이 살아가고 있는 남자, 너무 멋지지 않나."

"… 소설에나 나오는 얘기야. 사랑했다면 결혼했어야지, 왜 그리워만 하냐고."

"피치 못할 사정이 있지. 영화는 대충 다 그런 스토리로 흘러간다 아이가."

"진심으로 사랑하면, 피치 못할 사정 같은 게 있을 수 있니? 뭔가를 숨겨야 했다면 사랑이 거기까지였던 거지."

"남자들, 의외로 한 방향으로는 지독하게 취약한 데가 있는 거 모르나?"

덕희는 무슨 말을 꺼내려다가 머뭇거린다.

"그런 통속적인 이야기 관두고, 다 먹었으면, 경화역 카페 갈까? 낡은 주택을 개조해서 만든 카펜데, 주인이 직접 로스팅도 해. 커피 맛이 괜찮아."

설옥이 선뜻 진해로 이사를 해 버린 건, 변화를 갈망하고 있었기 때문이다. 지금까지와는 다른, 가 보지 못했던 길로 걸어가 보고 싶었기 때문일 것이다. 하지만 섣불리 서 대위의 이야기를 꺼내 놓을 수도 없다.

"경화역 카페? 내 구역인데 당연히 가서 맛을 봐야지."

걸어서 십 분 거리. 카페는 경화역 입구에 있다. 경화역 카페라는 간판도 정겹다. 별로 크지 않은, 오래된 옛날 한옥의 소담스러운 분위기가 달랑 한 곳만 떼어 낸 진해의 모습을 보여 주는 듯하다.

"딱 니 스타일이네, 난 뜨아, 디카페인으로."

덕희는 비어 있는 창가에 자리를 잡고 앉으면서, 어떻게든 이야기를 꺼내 보리라고 작정한다. 망설이다가 시간을 또 놓치면 두 번의 실수를 하게 되는 것이다. 그런데 첫 운을 어떻게 뗄까. 말을 꺼내는 것이 맞는 일인지 확신도 서지 않는다. 주문을 끝내고 자리에 와서 앉으며 설옥이 조심스럽게 봉투를 내민다.

"이게 뭐꼬?"

"미의… 그림을 받았으면, 적게나마 성의를 표해야지, 많이 안 넣었어."

"뭐라카노? 내 어려울 때 선뜻 도움 줏던 거 기억 안 나나? 그 고마움의 표시다. 그때 내가 얼마나 요긴하게 썼는지 모른다."

"그랬다고 아끼는 그림을 던져 주는 화가가 어딨어? 다들 탐내는 그림인데…"

"그래서 선물한 기다. 아무꺼나 주모, 기분 좋겠나? 이거 도로 넣어라, 안 넣으면 내, 썽낸데이. 세월이 쫌 흐른 후에 이 그림 억수로 비싸지모, 그때 밥 사 주라."

덕희가 일어서서 봉투를 설옥의 가방에 넣어 준다.

"아니야, 네 그림, 꽤 비싼데 말도 안돼."

"이 세상에 니가 피난처라꼬 찾아온 곳이 바로 내 옆이다 아이가. 그 고마움의 표시."

"… 차암… 고마워. 거실에 걸어 놓고, 그림값 더 오르길 기다릴게."

"그래야지… 근데 이야기 쫌 할 게 있는데…"

"이야기? 심각한 거야? 잠깐만…"

설옥이 울리는 진동벨을 들고 가더니, 커피를 가져와 덕희 앞에 놓아 준다.

"마셔 봐. 맛이 제법이다 싶을 거야."

"맛, 진짜, 직이네. 진해 경화동 생각보다 찐한 뭔가가 있는 곳이라 켔제?"

"그래. 굿! 근데 무슨 이야기?"

설옥은 세호의 편지를 읽고 알게 된 사실에 대해서, 아무런 내색하지 않으리라 작정한다.

"니, 서 대위한테 연락 안 해 볼 끼가?"

설옥은 시선을 돌린다. 카페 창밖엔 벚꽃 가지들마다 새로 돋아난 연둣빛 잎들이 나풀거리고 있다. 마지막 남은 꽃잎들이 죄다 떨어진다. 바람이 제법 사납다.

"연락해 보고 싶긴 한데 두려운 기제?"

"… 그런 건 아니야. 지금 만나서 뭘 할까… 옛날 감정이 남아 있는 것도 아니고… 만나도 못 알아볼 것 같기도 하고. 젊음도 사라져 버리고…"

그럴 것이다. 너무 나이가 들어서 알아보지 못할지도 모른다. 연락한 것을 후회하게 될 지도 모를 일이다.

"또, 또, 미리 선을 긋네."

"… 원래, 나쁜 남자들은 잘 살아."

"잘 안 살고 있다 카더라!"

덕희의 강한 어조에 설옥은 당혹스럽다.

"너, 그 사람, 소식 알아?"

"그래… 우연히 알게 된 긴데… 서 대위, 그때 피치 못할 사정이 있어서, 니한테 연락 못했더라."

설옥의 가슴 한쪽이 우르르 내려앉는다.

"… 사정? 그게 무슨 말이야? 무슨 대단한 사정이 있어서 연락을 못했다는 거야? 지금 잘 살고 있잖아."

싸늘한 냉기가 등을 훑는다. 갑자기 추위가 닥친다. 손도, 발도 다 시리다. 양쪽 어깨가 떨리고, 이명현상이 귓속을 맴돈다. 덕희는 더 말을 잇지 못한다. 한참만에 설옥이 묻는다.

"…어디를 다친 거래?"

"…그게, 저… 몇 달 동안 혼수상태였다가 겨우 깨어났다 카더라."

"… 몇 달 동안이나?"

"… 설옥아…"

설옥은 안색이 하얗게 질려서 덕희를 바라보지도 못한다.

"우연히 서 대위 소식을 듣게 됐거든. 이태원에서 첫 개인

전 열었을 때, 니, 결혼한다고 청첩장 가져왔었다 아이가? 바로 그 며칠 전에, 대학 동창 모임에 갔다가 이야기를 하던 중에 우연히… 가만히 들어보니 서 대위 이야긴기라. 기가 막히게도 그 친구가 서 대위와 먼 친척 간이었더라. 서 대위, 결혼도 안 하고 있다카고… 내 딴에는 그때 밤잠 못 자고 엄청 갈등했었데이. 니한테 그 이야기를 해 줘야 되나… 결혼 날짜까지 잡고 새 출발하는 니한테 괜히 말해 줄 필요 없다… 니 가슴 찢어 놓은 나쁜 사람인데, 말해서는 안 된다고 결심했지… 그때, 서 대위, 정말로 대단했더라. 그 당시 대형 어선 전복 사고가 났었는데, 가라앉은 배 안에서 사람들 다 구해 내고, 남아 있던 부하 대원들도 전부 다 올려 보낸 후에, 서 대위가 맨 나중에 빠져나오다가… 다쳤다 카더라. 영화에서나 보던 그런 영웅이 서 대위였던기라… 나도 자세한 내용은 모른다. 서 대위도 니가 얼마나 보고 싶었겠노… 인터넷에서 서 대위를 찾아냈다 캐서 깜짝 놀랐데이. 니 말 듣고 나도 찾아봤거든. 근데, 아무리 찾아봐도 없더라. 니가 찾았던 그때만 딱 떠 있었던 것 같던데,"

"네이버에 없어? 이상하네,"

설옥은 얼른 휴대폰을 꺼내 네이버 검색창을 열고 이리저리 두드려 본다.

"이상하네, 없어졌어."

얼굴에 안타까운 기색이 뚜렷하다.

"이 사람은 사라지는 게 전문인가 봐… 경화역 앞, 벚꽃나무 아래서 나한테 청혼하고 나서, 흔적도 없이 사라져 버리더니…"

"접속이 많으면 인터넷에서 떴다가 없어졌다가 한다 카더라. 연락처 메모해 놔서 다행이다. 아무것도 모르고 서 대위 진짜 많이도 미워했는데…"

"… 진짜 그런 일이 …"

덕희는 설옥과의 사이에 놓여 있던 먼 거리가 조금은 당겨지고 있음을 느낀다.

"네이버에 또 뜰 끼다. 일시적으로 사이트가 중단됐을 수도 있고… 니를 만나면 얼마나 좋아할지… 내가 막 두근두근이다."

"어떻게 이럴 수가 있니…"

"내가 연락해 볼까? 진짜로 그리할까?"

"서 대위, 나 만나는 거 망설일 것 같지 않니? 미안할 거잖아."

"니 참 순진하네, 이 세상에 미안해서 죽은 놈은 없다."

"… 몸은 어떤 상태래?"

설옥은 모르는 척 묻는다. 덕희는 설옥의 물음에 선뜻 대답할 말을 찾지 못한다.

"… 내 동창도 자세히는 모르는 갑더라. 서 대위 쪽에서 친척들한테까지 일체 비밀로 하고 있었던 일이라서… 그걸 주변에 알리고 싶었겠나. 확실한 건 지금은 서 대위가 건강하게 잘 지내고 있다는 것!."

"어찌 알아? 잘 지내는지…"

"윤 선생, 의심도 많네. 서 대위, 결혼도 안 하고 여태까지 독신으로 살고 있다 카는 건 무슨 뜻이겠노…감이 딱 잡히구만은."

말을 하면서도 덕희의 마음 한구석으로 스며드는 근심을 떨칠 수가 없다. 그냥 숨김없이 탁 털어놓고 싶지만, 차마 입이 떨어지지 않는다. 결혼한다고 설옥이 청첩장을 가져왔던 날도 딱 오늘처럼 불안했었다. 그때도 서 대위의 상태를 차마 사실대로 알려 줄 수가 없었다. 만약 솔직하게 상황을 설명했더라면, 설옥은 반걸음도 뒤로 물러서지 않고, 곧장 달려갔을 것이다. 팔 하나, 다리 하나 없는 것이 살아가는데, 뭐가 그리 큰 문제가 되겠느냐면서 당차게 서 대위와의 결혼을 밀어붙였을 것이다.

"사는 일이 계획대로 생각대로 되니? 인생은 처음부터 어긋난 길로 걸어가야 하는 건지도 몰라. 일, 이 분, 하루이틀 사이에, 운명이 바뀌잖아. 시간은 사정을 봐 주지 않아. 표독하고 잔인해. 뭔가를 간절히 원하는 사람들 편이 아니야. 남은 시간이라도 추하지 않게 보내야지. 지금 서 대위를 만나는 것이, 내 인생의 마지막 윤슬이 될까? 윤슬… 그 사람을 만나리라는 작정을 하면, 여기가 자꾸 아려."

설옥은 가슴팍을 손바닥으로 지긋이 누른다. 덕희도 할말을 잃는다. 가볍게, 무겁지 않게, 조금은 덜 중요한 이야기를 하듯, 그렇게 서 대위와의 만남을 잇게 해 보리라 궁리를 했지만 설옥의 등을 무조건 떠밀어 버릴 수도 없는 노릇이다.

"니 맘 안다. 마지막 반짝임…와, 안 그러고 싶겠노… 니하고 서 대위, 그냥 안개처럼, 어느 날 갑자기 흔적도 없어져 버릴 그런 만남이었으모, 이런 날이 버젓이 기다리고 있었겠나. 수십 년간 흔적도 모르던 사람을 그것도 단 몇 초 만에 찾아냈다 카는 건 기적 아이가. 니 자신도 몰랐던, 알 수도 없었던 이음줄 같은 기, 니 인생 내내, 서 대위를 향하고 있었는지도 모른다. 어쩐지 함부로 살아선 안된다 싶기도 하고… 이래서 어떤 인생도 멋대로 재단해선 안되는 기지. 우리 인생의 하루하루는 항상 누군가에게 끊임없이 염탐당하고 있는 기 아인가 싶다. 그런 과정을 니도 내도 너무 고통스럽게 생각하지 말자. 만나고 싶지 않으모, 안 만나면 되고. 어느 날에 갑자기 막 보고 싶어지모, 그땐 주저하지 않고 만나면 될 끼고… 만남 후의 일은 만나고 나서 정리를 해 봐도 늦지 않타 아이가."

설옥은 또 창밖으로 눈을 돌린다. 꽃잎이 떨어진 벚꽃 나무에 어린아이 눈망울 같은 잎이 잔뜩 돋아나는 중이다.

"나하고 있었던 일, 다 잊어버리지는 않았을까."

"무슨 소리 하노… 그 사람 인생에 니 말고 누가 또 있었겠

나. 오직 윤 설옥, 그녀뿐이었지…"

"… 그렇게 급하게 날 떠나야 할 진짜 이유가 뭐였는지… 미로투성이야."

"서 대위, 니가 더 잘 안다 아이가. 그때의 진실이 뭐였는지, 니가 직접 확인도 안 해 볼 끼가? 무슨 일이 있었던 건지 알고 나면 이해도 될 끼고… 난 지금이 니가 가장 니다운 행동을 할 때라고 생각되는데…"

"… 세호 아버지, 그런 모습으로 떠나 버린 게 아직 정리가 안되고… 그냥 살아오던 대로 살면 되는 줄 알았는데, 갑작스럽게 사랑하지 않은 죄를 물으니 어떻게 대답을 해. 결혼 생활이 하루 아침에 폭격을 당할 줄은… 진해로 이사한 건, 서 대위 때문이 아니고, 남편과의 시간들과 멀어지고 싶었던 마음이 간절해서였어. 서울을 벗어나 멀리 도망가고 싶었어."

"아무리 부정해도, 또 온갖 구실을 갔다 붙여도, 니 마음은 항상 원점으로 돌아가는 거 같은데… 니 마음의 원점이 어딘지, 다 보이거든."

"… 어딘데?"

"… 흑백다방."

설옥이 배시시 웃는다. 역시 설옥의 마음에 그가 있다, 그것도 아주 튼튼한 담쟁이넝쿨로 뻗어오르면서.

"우리, 진해 탑산 올라가 보까? 거기 365계단 연인들 필수

코스 아이가. 옛날에 서 대위하고 가위바위보, 하면서 마이 올라갔제?"

"열 번쯤 갔었어. 근데, 가위바위보에서 어떻게 한 번도 이기질 못하겠니. 일부러 져 줄 수도 있었을 텐데, 끝까지 서 대위가 혼자 다 이기고 탑 정상까지 혼자 올라가 버리더라. 화가 나서 내려가 버렸더니, 후닥닥 뛰어 내려와서 져 줄 테니까 가위바위보 다시 한번 해 보자고, 자기는 계속 묵을 낼 테니까 나더러 빠를 내서 이기래. 나도 조건을 걸었지. 이길 때마다 이마에 꿀밤 한 대씩 때리겠다고. 근데, 만약에 손가락이 아파서 못 때리면 남은 꿀밤을 자신이 때리는 데 동의하겠느냐고 묻길래 오케이했지. 계단을 오르기 시작하면서, 기분 좋게 꿀밤을 때리기 시작했어. 한 대, 두 대, 스물 다섯 대… 그러다가 손가락에 마비가 왔어. 얼마나 이를 악물고 꿀밤을 먹였던지, 손톱이 다 부러지고… 서 대위는 눈 하나 깜빡 안 하고 있었어. 내가 더 이상 못 때리겠다고 하니까, 약속했던 대로 나머지 꿀밤을 자기한테 맡기라면서 이마를 내밀고 눈을 감으래. 너무 아파서 뒤로 넘어질지도 모르니까, 계단 난간에 잘 기대 서 있으래. 어쩔 수 없다 싶어서 이마를 내밀고 눈을 감았지. 설마, 기절할 만큼 아프게 때리진 않겠지… 자, 숨을 멈추시고… 서 대위의 목소리와 손길이 내 이마를 덮고 있던 머리카락을 쓸어 올리는가 싶더니, 살며시 입술에 와 닿았다가 사라지던 부드러운 감촉… 내 첫 키스의 추억…"

"옴마, 옴마야… 프랑스 영화가 따로 없네, 너무 멋지다, 진짜… 내 첫 키스하고는 완전히 수준 차이가 나네. 난 오데서 첫 키스를 했는고 말해 주까?"

"어디?"

"이 아저씨가 만나자 카던 장소로 가 본께네, 깡패들 집단 싸움이나 하는 허름한 공사판이더라. 차림새는 엉망진창이고, 얼굴은 깡통만 안들었지 딱 노숙자… 이 남자하고는 도저히 안되것다 싶어서 몸을 사리면서 쌀쌀맞게 굴었더만은 눈치를 챘는지, 공사판 옆 중국집에서 짬뽕 한 그릇만 먹고 헤어지자네. 야멸차게 굴지를 못해서 그래, 딱 짬뽕까지다, 하고 냉랭하게 짬뽕을 먹고 나오는데, 갑자기 나를 담벼락에 탁 밀어 붙이더만은 백 층짜리 빌딩 하나 안겨 주면 됐제, 카면서 짬뽕 냄새 풀풀 풍기는 그 두터운 입술을 내 입술에다가 탁…아이고… 기절할 뻔했따, 근데, 이상하게도 싫지가 않더라… 호호호…"

"호호… 그런 배짱이 있었으니까. 천하의 오 덕희를 차지했고, 사업도 성공한 거지. 한강 이남에선 견줄 업체가 없잖아. 내조를 잘한 덕분이야. 너희 부부 서로 사랑하면서 사는 모습 멋져. 박 사장님, 마누라 일이라면 지옥이라도 같이 가실 분이고…"

"우리 아저씨, 요즘 부쩍 철든 소리도 한데이."

"어떤?"

"설옥씨한테 또 다른 인생이 주어진 기라꼬. 그걸 센스 있게 직감하고, 남은 인생에 눈 녹듯이 녹아들어야 된다꼬… 누구든지 자기 안에 자기를 가둬 버리면 살아온 만큼의 삶밖에 없지만, 자기를 깨고 나오면, 새로운 세계가 열린다고… 설옥씨도 빨리 자기 속에서 걸어 나와야 한다네. 건설판에서 뒹굴어서 무식하고 돈만 목표로 하는 사람인 줄 알았더만은 가끔 깊이가 실린 설교도 해쌌길래 요즘 와서 우리 아저씨가 달리 보인 적도 많다. 뭐라 칼까, 나이들면서 저절로 무거워진다 칼까… 기대했던 거하고 크게 다르지 않은 모습으로 변해 간다 싶어 편안해지고… 니 옆에도 그런 사람이 있었으면 싶어서… 내 바램이데이."

"알아… 항상 고맙고… 그때 서 대위가 나타났었다면, 결혼했을까… 수없이 생각해 봤어. 솔직히 그때 나타나지 않았던 게 다행이었다 싶기도 하고… 받아들이기도 쉽지 않았을 거고… 하지만 한가지는 분명해. 그때 무슨 일이 있었는지를 알았다면, 그 사람 손, 절대로 놓지 않았을 거야."

🪶 설옥씨.

  수중 훈련을 마치고, 거제도 몽돌해변에 드러누웠습니다. 이번 훈련은 잠수한 상태에서 선박 외벽에 폭발물을 설치하는 특수임무인데, 잠수 시간을 숨이 넘어가기 직전까지 최대한 길게 늘여야 하는 고강도의 작업이라, 엄청난 인내심이 필요합니다. 때문에 잠깐의 휴식 시간은, 천국에 닿는 것만큼이나 황홀합니다. 시를 암송해 주던 설옥씨의 은은한 목소리를 바로 옆에서 듣는 것처럼 말입니다.

사랑에 빠지면 눈을 감아도 얼굴이 보인다지요. 한순간도 그 얼굴이 사라지지 않는다고 하지요. 저 역시 매 순간 고된 훈련에 임할 때마다 놀라운 사랑의 힘을 감촉합니다.

이렇게 소중한 분이 제 곁에 있다니, 꿈인지, 생시인지 실감이 나지 않습니다. 호르라기 소리가 들리면 벌떡 일어나 즐겁게 바닷속으로 뛰어듭니다. 존재하는 모든 것들이 귀하고 감사해서 몸속의 세포 마다 불끈 힘이 솟습니다.

설옥씨와의 첫날, 그 마음, 그 떨림처럼요.

여름밤에, 배 위에서 서 민규.

🪶 함장이라는 육중한 책임감이 제 어깨를 누르고 있지만 바다는 무한한 미래임과 동시에 오롯이 인간의 한계를 시험하는 현장이라는 걸 매번 깨닫습니다. 이번 항해는 세 달 동안으로, 배를 탄 이후 가장 멀고 긴 항해길입니다. 제가 탄 배는 북태평양을 지나고 있

는데 곧 세계 최강 미군 해군기지가 있는 웨이크 섬에 도착할 예정입니다. 지옥을 체험해야 하는 걸로 잘 알려진 미 해군의 악명 높은 훈련이 벌써부터 두렵지만 기대도 됩니다. 한국을 떠난 지 이 주일밖에 지나지 않았는데, 이십 년은 지난 것 같습니다. 배가 인천항을 막 출항하는 순간 설옥씨가 보고 싶어서 당장 육지로 뛰어내리고 싶더군요. 아이처럼 펑펑 울 수 있었다면 그렇게 했을지도 모릅니다. 그러니까, 편지 자주 주십시오. 받아 보는 시간이 늦어질지는 모르겠지만 설옥씨의 편지를 읽을 수만 있다면 그보다 더 큰 행복은 없을 것 같습니다. 최근에 찍은 사진도 동봉해 주면 더 감격스럽겠죠? 제가 너무 졸랐나요?

막내로 자라다 보니, 조르는 데는 익숙해져 있어서요. 또 쓰겠습니다.

북태평양, 갑판 위에서 서 민규.

설옥은 다섯 시가 넘어가자, 침대 옆 사이드 테이블 위에 수북이 놓여 있는 편지들을 다시 정리해 상자에 넣는다. 제법 큼지막한 상자여서 그 속을 꽉 메우고 있는 편지들이 마치 귀한 생필품처럼 느껴진다. 그때는 편지 한 장 한 장마다 절실했고, 애틋했고, 두근거림이 강렬해서 읽어 내기 힘들기도 했다. 아, 몇 년이 흘렀지? 36년? 37년? 엄청나게 긴 세월이 흘러갔는데 서 민규와 함께 있었던 기억이 떠오르면 밭에서 갓 뽑아 올린 시퍼런 무를 보듯 생생하다. 방금 만나고 돌아온 것처럼.

 중원 로터리 우리은행 옆길에 차를 주차하고, 설옥은 천천히 걸음을 옮긴다. 많이 변하긴 했지만, 로터리 주변의 풍경들이 그다지 생소하지 않다. 이곳을 수없이 걸었다. 그 길로 계속 함께 걸어가려고 했었다. 연락을 끊어 버리는 것이 그에겐 최선이었을까. 설옥은 자꾸만 복잡해지는 머리를 비우려고 발걸음을 재촉한다. 진해의 아침은 간밤에 머금었던 어둠을 터뜨리기 위해 몸단장을 곱게 하고 있다. 로터리를 반 바퀴쯤 돌아가자, 도로 한쪽 편에 자리잡고 있는 흑백다방이 눈에 들어온다. 세호의 임관식 날, 혼자 와서 보고 갔을 때보다 한층 더 윤기가 흐른다. 이층으로 된 근대식 건물 형태는 별다른 손상 없이 보존되어 있다. 출입구 유리문 안을 들여다본다. 덕희 말로는 근대 문화유산이 될 만한 조건을 충분히 갖춘 건물이라 시에서 이곳을 사들여 운영을 하기 위한 공사를 진행하고 있다고 했다. 흑백이라는 이름에 걸맞게 흰색과 검은색의 조화가 잘 갖춰진 건물은 지금도 중원 로터리 한 켠에서 사람들의 눈길을 기다리고 있다. 공사를 진행하고 있는 중인지 다방 안에는 건축자재들과 벽돌, 시멘트 가루들이 어지럽게 흩어져 있고, 한쪽 모서리에 하얀색 그랜드 피아노가 얌전히 놓여 있다. 하얀 제복과 하얀 피아노의 조합이 눈이 시리도록 아름답던 그날 밤처럼.

문을 닫을 시간이 가까워져서야 서 대위가 다방 안으로 들어왔다. 가쁜 숨을 몰아쉬며 헐레벌떡 들어서서 설옥을 발견하고는 보름달 같은 웃음을 지었다. 오래 기다린 탓에 걱정과 짜증의 감정을 동시에 참아내고 있던 설옥은 막상 서 대위가 나타나자, 가시가 돋아 있던 감정들이 흔적 없이 녹아내렸다.

"미안합니다. 많이 기다렸죠. 타고 오던 택시가 접촉 사고가 나는 바람에."

"어머 그런 일이 있었어요? 다친 데는요?"

"멀쩡합니다. 택시 기사 분이 약간 다쳤고요. 그런데 미안해서 어떡하죠? 매번 이렇게 기다리게 해서… 벌받을 테니까, 소원 한 가지만 말해 보세요. 뭐든지 다 들어 주겠습니다. 요구만 하십시오."

"정말요? 뭐든지 다 가능한가요?"

"예!"

"진짜… 어려운 부탁인데… 혹시, 혹시 '빗방울 전주곡' 칠 수 있어요?"

"… 쇼팽의 '빗방울 전주곡'?"

"네, 아무래도 너무 어려운 부탁이죠?"

"만약 연주를 못하면, 어떻게 되는 겁니까?"

"우리 이만 총총 해야겠죠."

"그건 절대로 안될 말입니다. 저도 쇼팽을 무척 사랑하고는 있지만… 지금 당장 연주를 할 수 있을까… 잠시만요."

서 대위가 프론트로 가서 주인과 이야기를 나누었다. 잠시 후에, 닫혀 있던 피아노 덮개가 올라가고, 축음기에서 흘러나오던 음악이 멎었다. 호수 위로 쏟아져 내리는 별빛 같은 반짝임이 설옥의 가슴속을 파고들었고, 손님들은 마치 차려 자세를 강요당한 듯 작은 움직임 하나 없이 피아노를 응시했다. 서 대위는 피아노 앞에 앉아, 눈을 감고 잠시 생각을 모으는 얼마간의 시간을 흘려보냈다. 이윽고 건반 위에 두 손이 올라갔고, 쇼팽의 음율이 조용하고도 잔잔하게 울려 퍼졌다. 찐한 설레임과 감동 같은 것이 설옥의 온몸을 훑고 지나갔다. 비가 내리는 날이면 설옥은 어김없이 이 곡을 감상했다. 하얀 해군 제복 차림으로 쇼팽을 연주하는 저 남자한테 쏠려가지 않고 무슨 수로 버텨… 설옥은 서 대위의 피아노 연주를 들으면서, 내 인생 최고의 순간은 단연코 오늘 밤, 이 순간이라고 확신했다.

"떨려서 혼났습니다. 많이 부족했죠?"

연주를 끝내고 자리로 돌아온 서 대위가 긴장한 표정으로 물었다. 그의 연주에 온통 마음을 빼앗겼던 설옥은 후딱 정신을 가다듬고 별다른 관심을 갖지 않은 척 굴었다.

"실력이 대단한데요. 이 곡은 내가 자주 듣는 곡이라서, 쉽게 던져본 말인데 이렇게 근사하게 연주를 할 수 있을 줄은 몰랐어요. 이 정도 실력이라면 피아노를 오래 쳤을 텐데 왜 다른 길로 오셨어요?"

"하하, 어머니께서 강요하시다시피 해서 피아노를 가까이 했었는데, 고등학교 이 학년 때 방향을 틀었죠. 가만히 앉아서 하는 일이 저하곤 안 맞았어요. 제가 워낙 바다를 좋아했거든요. 바다만 보면 잠수를 했으니까. 그리고 설옥씨와 깊은 인연이 있어서 이 길로 오게 됐던 게 아닌가 싶어요. 인연은 함부로, 예사로 맺어지지 않아요. 그건 아마 태초부터, 인류 생성의 근원에서부터 비롯되었을 겁니다. 우매한 인간만이 깨닫지 못하고 있을 뿐이죠. 망망대해에 나가보면 이 거대한 우주의 비밀이 조금은 깨달아지기도 해요. 수많은 모래알 속의 한 알만큼이긴 하지만… 그나마도 건방진 생각이죠. 하지만 좋습니다. 설옥씨가 '빗방울 전주곡'을 부탁했을 때, 속으로 무릎을 쳤습니다. 어떻게 내가 완벽하게 알고 있는 그 곡을 콕 집어서 청할 수가 있을까… 우리가 태초부터 맺어졌던 인연이 아니고 뭐겠습니까."

하얀 그랜드 피아노는 조용히 자리를 지키고 있다. 가슴속의 뜀박질이 그날 밤을 온통 잠 못 들게 했음을 설옥은 지금도 또렷이 기억한다. 너무 벅찬 상대라는 생각 때문에 서 대위를 사랑하면서도 이 사랑이 온전히 지켜질까, 하는 불안함도 동시에 품었었다. 그가 손을 뻗기만 한다면, 여자들은 우르르 그를 향해 달려올 것이 환하게 점쳐졌기 때문이었다.

'와, 서 대위가 그리 멋지게 한밤중에 쇼팽의 빗방울을 연주 했다카대. 소문이 바람을 타고 온 시내에 다 퍼져 갖꼬, 진해 가시나덜이 서 대위 만나볼 끼라꼬 이리 뛰고 저리 뛰고 온통 난리났더라. 솔직히 니 애인만 아니었으모, 내가 잽싸게 낚아챘을 낀데 니 남자라서 가만히 놔 뚠데이. 두 사람 연애 꼭 완결 지어야 된데이!'

덕희마저도 서 대위한테 곁눈을 주면서, 노골적으로 설옥을 부러워했었다.

그랬던 그 남자를 지금 다시? 흑백다방이 다 무너져 버린 건물이 되어 있으려나 했는데 새롭게 단장이 된다니까 무척이나 다행스럽다. 설옥은 느리게 느리게 로터리를 한 바퀴 돈다. 우체국, 근대 역사박물관, 삼백 육십 다섯 계단을 올라야 도착하는 진해 탑산도 여전하다. 색깔이 옅어진 수채화 위를 새 물감으로 살짝 입혀 놓은 듯, 서서히 색감을 더해 가는 진해의 아침은 은밀하고도 신비롭다.

시월에 찾아오는 것

휴대폰을 열면 끊어져 버리는 전화가 연거푸 계속되자, 은근히 발화하는 성질을 지긋이 누른다. 아침부터 쓸데없이 전화질을 해대는 인간들이 존재하니까 그나마 덜 심심한 것 같기는 하다고 혼자 투덜거린다. 코로나가 지나간 이후, 수리조선업도 예외없이 불경기가 닥쳐 사무실 직원들을 반으로 줄일 수밖에 없었다. 서둘러 사업 성과를 높여, 직원들을 다시 부르겠다는 약속을 했던 민규는 요즘 조선업이 기지개를 켜기 시작하면서 차 한잔 마실 틈이 없어졌다. 오전부터 서류를 점검하고 있던 그는 문득 동작을 멈추고. 휴대폰을 열어 번호를 확인해 본다, 해외에서 발신된 것도 아니다. 요 며칠 사이, 오전에 이런 전화가 간헐적으로 걸려 왔었다는 사실을 지금에야 감지한다. 한 번만 더 걸려 오면 욕설을 퍼부어 줄까. 그러다가 도리질을 하면서 커피포트에 물을 붓는데, 휴대폰이 또 울린다. 열어보니 조금 전 말 없이 끊어졌던 그 번호다. 혹시 무슨 원한이라도 품은 누군가가? 지나온 세월 동안 누군가에게 몹쓸 상처를 주었을지도 모를 일이었다. 그랬다면 나타나서 사연을 털어놓을 것이지.

"예, 해진물산입니다."

저편에선 아무 소리가 없다. 조용히 이쪽 음성을 탐지해보려는 듯한 낌새다.

"여보세요, 말씀하십시오."

"… 저…"

"예…말씀하세요."

"… 서 민규… 대위님."

낮게 조용히 가라앉은 목소리. 그러나 절대로 낯설지 않은, 결코 잊어본 적 없던 그 음성… 민규는 갑자기 혹한의 추위 속에서 수백 미터 심해 속으로 잠수한 듯 몸이 굳어버린다.

"서 대위님, 맞으시죠."

"… 그렇습니다…"

"… 저, 윤 설옥입니다."

휴대폰을 잡은 민규의 손끝이 파르르 떨린다.

"… 설…옥… 씨."

"… 저, 기억하시겠어요?"

"… 어찌 그 이름을…"

민규는 휴대폰을 귀에 댄 채로 말을 잃는다. 이 전화를 받을 수 있으리라고 생각해 본 적 없었다. 목숨을 걸 만큼 사랑했으나 잊어야 했으므로 잊었고, 까마득히 잊혀졌다고 믿고 있었다. 그러나 죽기 전, 언제 어디서건 꼭 한 번은 만나게 되기를 열망했던 사람이었다. 그 절절함이 이렇게 아무 예고 없이, 불현듯이 찾아들다니, 이런 일이 있을 수가 있다니.

"그동안… 잘 지내셨어요?"

그동안 잘 지냈느냐는 물음의 의미를 감당할 수가 없어서 어떻게 대답을 해야 할지 한마디의 문장도 떠오르지 않는다.

"… 저는 그럭저럭… 지내고 있습니다. 설옥씨도 잘 지내셨을 테지요."

"네, 저도, 잘…"

"전화가 올 거라고 상상도 못했습니다."

"… 저도 전화를 하게 될 거라고 생각 못했어요."

"예에…"

"… 바쁘신가요?"

"아닙니다, 아닙니다. 전혀 바쁘지 않습니다."

"그럼… 우리, 만나야 하지 않나요?"

"…"

민규는 대답할 말을 찾느라, 입안이 자꾸 마른다.

"… 시간이 안 나시면, 천천히 다음에…"

"아닙니다, 아닙니다. 시간이 왜 안 나겠습니까. 너무 놀라워서 정신을 좀 차리느라고…"

"… 네에…"

"날짜와 장소, 정해서 문자로 보내 주십시오. 설옥씨 편한 대로 정해 주시면, 전 언제, 어디서라도 좋습니다."

"… 네에… 날짜하고 장소 정해서 문자 드리겠습니다. 그럼…"

끊어진 휴대폰을 귀에 대고 멍하니 서 있다. 방금 무슨 일이 있었던가? 무슨 말이 오고 갔었나? 수십 년의 세월이 흘러가 버렸는데, 섬광처럼 불쑥 형체를 드러내며 다가온 그때의 추억들과 이제 어떻게 마주서야 하는가. 두려움이 엄습해 온다. 민규는 물을 부어 놓은 커피포트에 코드를 연결한다. 열기가 가해지는 소리가 지지지직 나더니 잠시 후에 물이 끓어오른다. 움직일 생각이 없는 사람처럼 그대로 계속 서 있다. 이 다음에 무슨 행동을 해야 할지 망연하다. 커피를 한 잔 마시긴 마셔야 한다고 느끼면서도 선뜻 다음 행동으로 이어지지 않는다. 그렇다. 엄청난 충격이다. 언젠가는 설옥을 만나리라던 바람이 이만큼이나 육중한 두려움을 갖게 될 일일 줄은 몰랐다. 스스로 택했던 길이긴 했지만, 그 길은 결코 순조로운 항해가 될 수 없었다. 피해 갈 수 있었는데, 왜, 왜 그랬던가… 때때로 그렇게 반문하기도 했다. 하지만 오직 그 길만이 보였을 뿐이었다. 그 상황을 외면해 버리고 혼자 살아 나가리라는 생각 따위는 애초에 머릿속에 들어 있지도 않았다.

'그것이 나한테 주어진 운명이었어… 해군은 두 개의 입을 가질 수 없는 법.'

혼수상태에서 깨어나, 몸 상태가 정상이 아니란 것을 확인했을 때, 만약 설옥이 곁에 있었다면, 해 주고 싶은 말이었다. 그러나 아니었다. 사라진 다리와 함께 사랑도 가 버렸음을 절감했다. 그래서 사라져 버렸다. 아니, 사라져 주었다는 말이 더 정확할 것이었다. 속으로는 무작정 달려가서 부둥켜안고 싶었고, 끝없이 울고 싶지 않았던가.

약속한 날, 오전.
새벽부터 일어나 체력 단련장으로 간 민규는 근육을 키우는 기구들을 하나씩 사용해 본다. 늘 만지는 기구들인데도 오늘은 어쩐지 눈에 들어오지 않는다. 상체 위주의 운동기구들만 집중해서 사용하다 보니, 어쩐지 하체 근육이 오늘따라 유독 부실해 보인다. 한쪽 다리가 없는 자신의 모습을 설옥이 보게 된다면? 그 물음 앞에서 무수히 주저앉았었다. 더는 피할 곳 없이 마지막 길에 도달해 버린 지금, 다른 무엇으로 가릴 수도 없는 노릇이다. 혹여라도 실망스러운 눈치를 보이면, 그땐 뒤돌아서면 그만이다. 그녀의 손을 덥석 잡고 늘어지는 짓 따윈 하지 않을 것이다. 하지만…
스스로 결정했던 그녀로부터의 잊혀짐을, 이제는 멈추게 하고 싶다.

오후 세 시.

고성 동해면에 위치한 카페 네순 도르마는 건물 밖으로 초록색 물감을 풀어 놓은 듯한 바다가 펼쳐져 있다. 잔디밭을 장식하고 있는 의자, 테이블, 정원 곳곳에서 자라고 있는 나무들이 스케치를 위한 소품들처럼 서로 잘 어울린다. 민규는 카페 입구에서 시간을 확인해 본다. 약속 시간 삼십 분 전. 카페 주변 경관을 둘러보니 베네치아의 한 귀퉁이 같은 분위기가 물씬 풍긴다. 입구에서 기다릴까 하다 해변을 낀 정원이 시선을 붙잡아 그곳으로 향한다. 민규는 자신의 나이와 설옥의 나이를 계산해 보다가 그만둔다. 의미 없는 짓이다. 나이를 먹는다는 건, 그 모든 행위들 속에 뿌리박혀 있는 그 모든 셈법을 그만둬도 좋다는 뜻일 것이다. 아무것도 아닌 채로, 그저 무색무취로 누군가에게 그저 잔잔한 배경이 되어 주는 일 외에 나이들어서 달리 할 일은 없다. 오늘, 설옥도 그렇게 만나리라.

십 분 전.

별명을 십 분 전이라고 붙여 주었을 만큼. 그녀는 항상 십 분 전에 약속 장소에 와서 기다리곤 했다. 오늘도 혹시 십 분 전에 도착하려나. 자리를 잡고 앉아 있던 민규는 입구로 시선을 보낸다. 차 한 대가 사르륵 주차 공간으로 들어와 정지한다. 잠시 후, 차 밖으로 내려서는 여인. 여인이 카페 입구를 향해 걸어온다. 그곳을 바라보고 있던 민규의 맥박이 뜀박질을 시작한다. 자리에서 일어나 입구 쪽에 눈을 고정시킨다. 어떤 일이 저 여인과 나 사이에 가로놓여 있었던가. 비통했던 시간들이 어떻게 흘러가 버렸던가. 카페 안으로 들어서서 조심스럽게 안쪽을 살피다가 창가 옆자리에 서 있는 민규를 한눈에 알아보고 멈춰 선다. 두 사람의 시선이 짧게 부딪힌다. 이윽고 멈추었던 발걸음을 떼어 놓는다. 가까이 다가오고 있는 그녀. 믿을 수 없는 그 얼굴이 바로 눈앞에 있다.

악수를 하자고 할까… 오랜만이라고 해야 할까… 제일 먼저 무슨 말을 해야 어색하지 않을까…

"잘, 찾아오셨네요."

설옥의 말.

"어서 와요… 네비가 워낙 잘 가르켜 줘서 찾기 편했어요."

"네…"

"앉읍시다."

두 사람은 서로 마주보고 앉는다.

"여기, 아름답죠?"

"아주 멋있어요. 처음 와 보는데 이국적이기도 하고…"

"… 저, 알아보겠던가요?"

"당연히… 아마 나는 알아보기 힘들었을 겁니다."

"… 힘들긴요."

"… 내 연락처는 어떻게…"

"… 연락처 알아내는데, 1분도 안 걸렸어요. "

"… 그래요?"

"거실에서 멀리 해 지는 풍경을 보고 있었는데… 친하게 지내던 동료 교사가 수십 년간 소식을 모르던 사람을 인터넷으로 찾았다고 했던 말이 떠올랐어요. 그래서 혹시나 하는 마음으로… 네이버에 이름을 검색해 봤더니… 똑같은 이름이 여러 명 있었고, 놀랍게도 그중의 한 사람이… 해군신문에 실렸던 기사가 떠 있었어요."

"아, 그 기사… 난 잊고 있었는데 아직도… 정말 고마운 일이군요. 네이버에 감사선물이라도 안겨 줘야겠네. 생각도 하지 못했던 일을 이루게 해 주다니… 세월이 많이 흘렀죠?"

"… 그냥 흘러간 세월이었다고 말할 수 있었으면 좋겠어요."

잠시 말이 끊어진다. 종업원이 가져온 커피와 케익 조각이 탁자 위에 놓인다. 뜨거운 아메리카노와 레몬차.

"레몬차를 갖다 달라고 부탁했었어요. 오후엔 커피가 잠을 방해할 것 같아서… 난 잠자는 것과 아무 상관없는 사람이니까."

말이 또 끊어진다. 설옥은 레몬차를 한 모금 마신다. 달콤한 레몬향이 입안 가득 퍼진다.

"… 연락, 많이 망설였어요. 잘 지내고 있겠지… 그런데… 풀리지 않는 한 가지가 있었어요. 지워 버리려고 했지만, 그게 잘 되지 않았어요."

"… 뭔지, 압니다."

민규는 설옥을 바라본다. 그리움의 끝에 죽음이 있고, 그 죽음 뒤에 그리워했던 사람이 있다면, 열 번이라도 그곳으로 달려가지 않았을까. 남자로서, 목숨보다 더 사랑했던 여자를 잊어야 했던 지독한 고통은 단 한 번으로 족하다. 그녀를 위해 그녀를 버렸다는 사실을 이 세상의 어떤 언어로 설명할 수 있으리.

"차부터 마셔요. 이야기는 천천히 하고… 궁금한 이야기가 풀리면 금방 가 버릴지도 모르니까."

"저… 빚 받으러 오지 않았어요."

"하하… 이렇게 백발이 되도록 빚 갚으려고 기다리고 있었어요. 언젠가 빚을 갚을 날이 오겠지, 그날이 언제쯤일까 꼽아 보면서…"

"… 저를, 기다리긴 했어요?"

"기다림도 몸에 익으니까, 그저 늘 해 오던 습관처럼 무작정 기다리게 되더군요."

"… 찾지도 않았잖아요."

"설옥씨 걸어가는 길, 쭉 따라 걸었습니다. 세호가 해군사관학교에 입학한 것도, 졸업하고 임관했던 것도, 잠수함을 타고 있는 것까지. 그리고…"

"… 어찌 그걸…"

설옥은 화들짝 놀란다.

"그렇게까지 했으면서 우리가 만나기로 했던 날… 흔적 하나 남기지 않고 사라져 버린 것이 있을 수 있는 일인가요."

그 말을 뱉은 설옥의 얼굴엔 형언할 수 없는 어둠이 채색된다. 민규는 어디서부터 말을 꺼내야 할지 망망대해에 서 있는 기분이다. 그 기억은 다시는 뒤돌아보고 싶지 않은, 쓰라린 상처 덩어리로 켜켜이 쌓여 있다.

"… 그때 그럴 수밖에 없었던 이유가 있었다면, 그 이유를 말했어야지, 왜… 그 대답 없는 물음과 부딪힐 때마다, 제 마음은 총알이 뚫고 지나간 것처럼 참혹했어요. 제가 누구를 찾아가서 서 민규 대위에 관한 소식을 들어야 했을까요? 살았는지, 죽었는지… 아니면 어디를 다쳤는지… 정작 본인은 사라지고 없는데 나 혼자 미친 사람처럼 안 가 본 곳 없이 찾아 헤맸어요. 날마다…"

설옥의 눈에 이슬이 맺힌다.

"… 나로서는 그럴 수밖에 없었어요. 막연한 기대 같은 걸 가지면서 설옥씨 주변에서 미적댄다는 건, 남자로서 할 짓이 아니라고 금을 그어 버렸으니까."

"… 날 버렸잖아요, 그때…"

"… 내가 설옥씨를 붙잡는 건 설옥씨 앞날을 가로막는 거다… 내내 그렇게 생각했어요. 대단한 용기가 필요한 일이었고… 내 양심이 절대로 허락하지 않았어요."

민규는 카페 창밖으로 눈을 가져간다. 잘 다듬어진 정원에는 군데군데 놓인 파라솔이 따스한 햇살을 받으며 손님을 기다리고 있다.

"그때, 혼자서… 많이 힘들었을 텐데…"

복잡하게 얽힌 감정들이 날을 세워 설옥을 찔러댄다. 민규가 화제를 바꾼다.

"… 날씨가 너무 좋은데, 저기, 정원으로 나가 볼까요? 갈매기도 보고, 바다도 볼 겸…"

"…네에…"

"먼저 가 계세요. 곧 가겠습니다."

"… 네에…"

민규는 의자에서 일어나 설옥을 바라보며 서 있다. 연필로 그은 듯한 주름살이 눈밑을 살짝 스쳐간 흔적 외에는, 그 옛날의 모습 그대로다. 그녀가 지나온 날들을 서 민규도 똑같이 지나왔다. 서로 다른 장소, 다른 사람들 속에 머물러 있었을 뿐. 인연이었다면, 언젠가 반드시 해후하리라 믿었다. 가혹했던 운명은 무자비하게 또다시 발톱을 세우고 묘수를 부릴 궁리를 하고 있는 것인가. 만약 또다시 섬찟한 이별을 반복하라고 한다면 이제는 주저없이 화살을 당겨 버릴 것이다. 운명이란 놈의 심장 한복판을 향해.

　민규는 가능한 한 걸음을 더디게 옮긴다. 보여 주고, 보게 해야 한다. 이런 이유로 당신한테 갈 수 없었다는 것을 이제 말할 때가 왔다. 날마다 달려가고 싶었다고 말해 줘야 한다. 카페 밖, 정원으로 내려서는 계단에 닿자, 저절로 호흡이 빨라진다. 설옥은 파라솔 아래, 의자에 앉지도 않고 다소곳이 서서 이쪽을 응시하고 있다. 네 개의 계단 중에 첫 계단을 밟고 내려선다. 두 번째 계단도 밟고 내려선다. 그리고 세 번째 계단으로 내려서기 위해 발을 내딛는 순간, 휘청하면서 발끝이 잔디밭 위로 헛발질을 해 버린다. 바닥에 털썩 고꾸라진다. 너무 잘 걸으려고 한 탓이다. 먼저 도착해서 연습까지 해 두었었는데 아무 소용없게 돼 버렸다. 일어서려고 땅을 짚고 팔에 힘을 주는 순간, 왼쪽 겨드랑이 사이에 느껴지는 강렬하고 따뜻한 체온. 어느 틈에 달려왔는지, 설옥은 민규의 팔을 힘껏 부축하고 있다.

　"아, 실수를…"

　"천천히, 일어나세요."

　"… 고마워요."

　민규가 몸을 일으키고 서자, 설옥은 힘주어 어깨를 부축했던 손을 슬며시 푼다. 그러자 민규가 설옥의 손을 당겨 잡고 파라솔을 향한다.

　"아무 문제없어요. 평생 바라고 바라던 일이 갑작스럽게 현실이 돼 버리니까 당황했나 봐요. 어떡하나, 여전히 설옥 씨한테 맥을 못 추니…"

설옥은 의자 하나를 뒤로 널찍하게 뽑아내고, 조심스럽게 민규에게 손짓을 한다. 말 잘 듣는 아이처럼 민규는 설옥이 가리키는 의자에 다가가 앉는다.

"… 잠깐. 좀 다녀올게요."

쪽빛 원피스에 허리 아래까지 내려오는 검은색 니트를 걸친 차림새가 그녀에게 아주 잘 어울리고 있다. 민규는 총총히 사라지는 설옥의 뒷모습에서 눈을 떼지 못한다. 기대했던 모습이 아니어서 실망했을 것이다. 어떻게 해야 할지 당황스러워 잠시 시간을 지체하러 갔을 것이다. 수십 년 만에 만나게 된, 다리 하나 없는 남자를 피해 멀리 도망갈 궁리를 하고 있을지도 모를 일이다. 여기를 왜 나온 건가. 오지 말걸. 오지 않았다면 이런 모습을 보지 않아도 됐을 거라면서 후회하고 있을 것이다. 초조하게 시간이 흐른다. 천년의 세월이 또다시 턱 앞에 놓이고 있는 것인가. 이제는, 단 일 분도 견딜 수 없는 시간이다. 정녕, 그렇다.

설옥은 가 버렸을까. 화장실에 갔다면, 너무 긴 시간이 소요되고 있다. 거기서 울고 있을지도 모른다. 혹시라도 그렇다면 어떻게 수습을 한다? 세라복 여고생들과 함께 시를 외우고, 소설을 읽고, 까뮈를, 괴테를, 이야기하던 그녀를 두 번은 놓치고 싶지 않다.

  시간이 꽤 흘러갔다는 안타까움이 살갗을 파고든다. 설옥이 그대로 가 버렸다는 사실을 확인해야 하는 순서만 남아 있는 것 같다. 잠시 구름 속에 있었다. 둥둥 떠다니는 듯 기쁨이 차올라 어찌할 바를 몰랐다. 그러나… 오늘이 마지막이라고 한들 어떠리. 이제 태양도 넘어가 버리고, 떠돌던 배는 곧 항구에 닿을 것이 자명한데.

  민규는 파라솔을 빠져나와, 손을 뻗으면 닿을 듯 가까이 있는 바다를 응시하며 걸음을 멈춘다. 비감함이 왼쪽 무릎 아래로 뻗어나가는 듯하다. 의족을 오래 사용하다 보니, 어느 순간엔 그것이 한 몸으로 느껴질 때가 있다. 오늘 같은 날엔 의족에도 미세하게 신경세포들이 뻗어, 참기 힘든 통증을 유발한다. 과격한 진통이 신경을 찌른다. 마취에서 갓 깨어나, 떨어져 나간 한쪽 다리를 두 눈으로 확인해야만 했던 그 절멸의 순간이 다시 오고 있는 것인가.

  "왜 여기 와 있어요?"

  후다닥 돌아보니, 설옥이 바로 옆에 와 있다.

  "… 아, 왔군요. 한참 오지 않길래, 가 버렸나 했지…"

  "가 버리다뇨… 무슨 어린앤가요."

  "내 모습… 많이 놀랐을 겁니다."

  "… 놀라긴요. 알고 있었어요."

  "… 알고 있었어요?"

설옥이 고개를 끄덕인다.

"대원들을 구하려고 자신을 희생한 서 민규 대위를 정말 존경한다는 내용이 아들의 편지 속에 들어 있었어요. 항해 중에 보내온 편지였어요. 수십 년간 행방을 모르던 사람의 소식을 아들의 편지 속에서 알게 될 줄은… 얼마나 놀랐는지… 그래서 나를 놓아 버린 거구나… 나를 버렸던 게 아니구나…"

민규는 몸서리치는 그때 일이 떠오르자, 자신도 모르게 눈이 감긴다. 오래 되었으나, 결코 오래되지 않은 그 일.

"아픈 기억을 건드리는 것 같아서 말을 꺼내기가 힘들었어요… 이 다음에 천천히 이야기 들을게요."

"… 언젠가 이 세상에서 단 한 사람한테는 들려주고 싶었던 이야기가 있었지. 내 모든 것을 걸었던 그 사람을 내 뜻으로 밀쳐 버려야 했던 그날, 그럴 수밖에 없었던 이유 말이오."

1987년 4월, 새벽. 제주항 비양도 북서쪽 3.5킬로미터 해상에서 47명의 선원들을 태운 162톤급 대형 어선 침몰 사고가 발생했다. 사고 선박의 침몰 원인은 높이 6.5미터의 거대한 파도 때문이었다. 그 파도에 부딪혀, 선체가 한순간에 오른쪽으로 기우뚱하면서 10분도 채 지나지 않아 바다 위에서 모습을 감추어 버렸다. 짧은 시간, 눈 깜짝할 사이에 선체

와 선원들의 모습이 바다 밑으로 모습을 감추는 걸 제주항 내에 정박 중이던 다른 여객선들은 고스란히 지켜볼 수밖에 없었다. 선체는 침몰한 지 50시간이 경과됐고, 침몰 즉시 구조된 선원은 32명이었다. 15명의 선원이 선체 내부에 있거나 파도에 휩쓸려 조난을 당한 급박한 상황이었다. 제주 해역 먼 바다에서 해난구조 훈련을 하고 있던 중, 무전 연락을 받은 서 민규 대위는 자신이 지휘하던 해난구조대를 이끌고 즉시 사고 현장으로 방향을 틀었다. 칠흑 같이 어두운 현장에 도착해 보니, 해경을 비롯해 개인 스쿠버다이버들까지 총동원되어, 구조에 참여하고 있었다. 전복된 선체 내부로 진입한 구조대는 전무한 상황이었다. 수심을 측정하기 어려운 바닷속으로 다이빙할 수 있는 구조대는 민규가 이끌고 있는 SSU 해군 해난구조대가 유일했다. 선체가 급격하게 뒤집히면서, 선체 내부에 에어포켓이 발생했을 가능성이 높았고, 현재까지 구조되지 못한 선원들이 선체 안에서 사투를 벌이고 있을 것이 충분히 예상됐다. 달랑 공기통만을 메고 들어가서 구조할 상황이 아니었다. 민규는 심해잠수에 필요한 장비들을 급히 점검했다. 산소와 헬륨을 배합한 혼합기체를 사용하면 91미터까지 잠수가 가능하며, 최소 30분에서 최대 80분 정도까지는 작업할 수 있었다. 한국 해군의 해난구조대는 이미 수많은 해상 사고 현장에서 탁월한 구조 능력을 발휘해 전 세계적으로도 그 능력을 인정받고 있는 최강의 특수구조대였다. 각자의 위치에서 구조작업에 필요한 기술과 역량을 두루 갖추고 있었기에 비극적인 사건을 눈앞에 두고 한 치도 주저할 겨를이 없었다. 민규와 구조대원들은 현장 도착 즉시 신속하게 선박의 구조를 면밀하게 파악했고, 뒤이어 60킬로가 넘는 구조장비 일체를 점검한 후, 24명의 대원들은 만반의 준비태세를 갖추고 피해 반대쪽으로 접근해 선체 위치를 파악했다. 파도가 덮쳐 배가 기울면서, 선원들은 기우는 쪽으로 몰려갈 수밖에 없었고, 여기를 또다시 파도가 때려, 삽시간에 배가 뒤집히면서 선체가 물속으로 쏠려 들어갔다고 했다. 바다에 휩쓸려 간 선원들은 바다에 떠 있던 다른 모함을 향해 필사적으로 헤엄쳐서 목숨을 구할 수 있었다. 하지만 새벽 시간이라 파도가 엄청나게 드세고 사방이 어두워 실종자가 다수 발생했을 가능성이 상당히 높은 상황이었다. 더 이상 1초도 머뭇거릴 여유가 없었다. 민규는 상부에 무전 보고를 한 후, 2인 1조로 긴급 구조 작업에 착수했다. 대원들을 이끌고 물밑으로 긴급히 잠수해 뒤집힌 선체 안으로 침투했다. 서서히 선체 내부로 들어가 곳곳을 샅샅이 살폈다. 선원실의 선수 쪽을 살펴보니 에어포켓에서 머리만 내밀고 필사적으로 버티고 있는 선원들이 보였다. 선체 문을 열고 들어가는 데도 상당한 시간이 소비됐다. 준비해 온 용접기로 문을 자르고 부수는 데만 해도 시간이 많이 지체되었다. 마침내, 문을 잘라 내고 대원들이 조심스럽게 선체 안으로 들어가, 위태롭게 버티고 있던 선원들을 한 사람씩 데리고 나갔다. 생존 선원들은 모두 8명이었다. 전복된 배에서 50시간 이상을 버텨 주고 있는 선원들이 반갑고 고마울 뿐이었다. 구조대원들은 체력적으로 잠수한 상태에서 80분 이상을 버틸 수 없으므로 구조한 선원을 데리고 대원들이 다시 물 밖으로 나가려면 급박하게 서둘러야 했다. 시간은 이미 상당히 소진된 상태였다. 구조함에서 공깃줄을 통해 공급되고 있는 기체가 거의 바닥을 보이기 직전이었다. 그 전에 구조를 무사히 마쳐야 했다. 드디어 에어 포켓에는 마지막 한 명만 남았다. 서 민규는 선원에게 다가가 헬멧형 잠수기구를 씌워 수면 위로 향했다. 체력이 급격하게 소모되고 있음이 체감될 만큼 수압이 굉장했고, 체온 저하로 인해 버티기가 몹시 힘이 들었다. 그나마 다행인 것은 날이 서서히 밝아 오고 있어 시야가 제법 확보된다는 점이었다. 민규는 마지막 남은 힘을 쏟아부어, 서서히 물 위로 향했다. 선체와 점점 멀어진다고 느끼는 순간, 앞을 가늠할 수 없는 거대한 물체가 갑자기 대원들을 가로막았다. 상어의 출몰이었다. 언젠가 신문에서 읽었던 제주 해역 어디쯤에 출몰한다는 식인 상어에 관한 기사가 번개처럼 뇌리를 스쳤다. 식인 상어가 잔뜩 허기져 있을 때, 사람 냄새를 맡게 되면, 포악하게 사람을 공격해서 한 입에 집어삼켜 버린다는 내용이었다. 2인 1조로 구조한 선원을 데리고 앞서서 헤엄쳐 가고 있던 대원들은 갑작스러운 상어의 출몰에 당황하며 우왕좌왕했다. 그 순간, 대원들 중 한 명이 상어에게 팔을 물려 버리고 말았다. 상어는 순식간에 남은 대원들을 다 집어삼키고도 남을 기세였다. 이러다가는 모조리 상어의 먹이가 될 것이 자명했다. 민규는 상어에게 물린 대원을 향해 죽을힘을 다해 헤엄쳐 갔다. 자신의 팔에 안겨 있던 선원을 다른 대원에게 인계한 후, 비상장비로 허리춤에 차고 있던 송곳 나이프를 꺼내 대원을 물고 있는 상어에게 접근해 눈 속을 푹 찔렀다. 눈에서 피가 분출했다. 상어의 동작이 느려지는가 싶더니 팔을 물렸던 대원이 상어로부터 멀어졌다. 다음 순간, 상어는 민규를 향해 무자비한 힘으로 돌진해 왔다. 그 틈에 다른 대원들은 각자 구조한 선원들을 데리고 모두 바다 위로 올라갔다. 혼자 남은 민규는 돌격해 오는 상어를 정면으로 바라보았다. 이미 한쪽 눈에 상처를 입은 상어는 극도로 포악해진 상태였다. 민규는 사력을 다해 상어의 눈을 응시했다. 상어의 눈을 마주보면 공격당하지 않는다는 상식적인 이야기에 의존할 수밖에 없는 절체절명의 순간이었다. 미친 듯한 공격성을 보이던 상어가 갑자기 동작을 멈춘 듯했다. 민규는 상어를 주시하면서 느리게 헤엄쳐 수면 위를 향했다. 온 힘을 다했다. 하지만 역부족이었다. 물속에서 너무 오래 지체했던 탓에 숨이 가빠오기 시작했다. 물 위로 올라가는 길이 너무도 멀고 아득했다. 체력이 거의 남아 있지 않았다. 토요일, 윤 설옥… 민규는 그 말만 수없이 반복하면서 빛을 향해, 발차기를 계속했다. 그러나, 어느 지점에선가 모든 움직임이 정지돼 버렸다. 갈갈이 살을 찢어발기는 극심한 진통이 무릎 아래쪽을 무섭게 강타했다.

그놈은 너무나 눈이 맑아서 차마 바라볼 수가 없었다. 잘 닦아 놓은 유리창을 제대로 바라보기 힘들 듯, 그놈 눈이 딱 그랬다. 정색을 하고 그놈과 눈싸움을 한다면 백전백패일 것이 틀림없었다. 상어의 눈이 초록색이라는 것을 아는 사람이 이 세상에 있을까. 딱 한 사람. 설옥은 알고 있을 것이다. 알고 말고. 상어의 눈을 정면으로 바라볼 수 있는 사람은 오직 그녀뿐이다. 그녀만이 저 상어를 보는 눈을 가졌다. 그런데 토요일까지 가는 시간이 왜 이렇게 더딘가. 백년이나 남은 것처럼. 하루가 엿가락같이 자꾸 늘어져서 아예, 푹 퍼져 버렸네. 이럴 줄 알았지. 약속 시간에 늦었어도 빙긋, 약속을 펑크 냈어도 빙긋, 내가 눈치 없이 분위기 파악을 못 해도 빙긋…

이번 토요일엔 먼저 나가서 그녀를 기다려야 함. 양심이 있다면, 반드시 그래야 한다고 메모까지 해 둠. 첫째, 바다에 내 한 몸 바칠 것. 둘째, 부모님을 위해 내 한 몸 바칠 것. 셋째, 윤 설옥을 위해 내 한 몸 바칠 것. 충성! 이 메모는 설옥씨가 보면 안될 것이다. 첫 번째를 바다라고 정했으니, 질투하지 않을까. 첫째도 설옥, 둘째도 설옥, 셋째도 설옥이라고 따로 메모해서 보여 줘야겠음. 훈련이 겹쳐서 피곤하기 짝이 없지만, 마냥 잠만 자는 건 게을러빠진 놈이나 할 짓이다. 날이 밝아 오고 있다. 힘찬 기상나팔 소리가 들린다.

눈을 떴다. 천장이 빙그르르 돌아가고 있었다. 세차게 도는 바람개비처럼 회전하는 속도가 너무 빨라서 멀미가 날 지경이었다.

"이번 작전, 기절할 만큼 힘들었나 봐요. 몸에 힘이 하나도 없네. 손가락, 발가락 하나도 못 움직이겠네. 체력이 완전히 소진됐어. 어? 설옥씨? 언제 왔어요?"

민규의 손이 옆에 있던 여인의 손을 잡으려다가 맥없이 침대 위로 떨어져 버렸다.

"민규야… 정신이 드니…"

민규가 여인을 한참 동안 바라보았다.

"… 어머니… 셨군요."

"… 그래…"

"제가 무슨 소리를 했던 것 같은데… 기억이 통…"

"… 애써 기억하려고 하지 마. 천천히, 천천히…"

"그래야 될 거 같아요. 너무 피곤해서… 대원들은 다 무사하죠?"

"… 당연하지. 누가 이끈 대원들인데."

"… 여기가… 어딥니까?"

"… 병원."

"… 병원요? 제가 다쳤습니까?"

"… 어… 조금…"

"… 어쩐지 몸이 박살이 난 것처럼 아프다 했네. 어딜 다쳤어요?"

"… 천천히 확인해. 우선 뭘 좀 먹어야 돼. 너, 두 달 만에 깨어났어. 깨어났다가 다시 잠들고, 깨어났다가 또 잠들고…"

"… 두 달 만이라고요?"

"… 어…"

"제가 왜 두 달 동안이나…"

"… 깨어나서 이렇게 말하는 것만 해도 기적이야."

"… 기적이라고요?"

"그래…"

"오늘이 몇 일이죠?"

"6월 15일."

"6월 … 15일?"

민규는 몸을 일으키려다가 도로 누워 버렸다.

"좀 전에 의사 다녀갔어. 절대 안정해야 된대."

민규는 기억을 되살려 보려고 눈을 감았다가 떴다를 반복했다. 두 달이 흘렀다니, 그 사이에 무슨 일이 일어났었단 말인가… 아하, 전복된 배 안에 있던 선원들을 구조해 내던 작전… 그리고… 캄캄했고, 숨이 찼고, 무시무시한 부력이 온몸을 쇠사슬로 꽁꽁 묶어 버리는 것 같았다. 태어나서 처음으로 체감했던 완벽한 무기력함. 그것이 결국 손끝 하나 움직일 수 없는 상태를 가져왔다. 해군은 바다에서 죽어야 한다. 그래야 해군이다. 혼자 살아나오는 자는 해군이 아니다. 해군은 살아서도 죽어서도 비겁하지 않아야 한다, 어머니 아버지, 그리고 사랑하는 나의 여인 설옥…

"… 혹시 저… 하반신 마비가 된 겁니까."

"… 아니야…"

"솔직히 말씀해 주세요. 무슨 일이 있었던 것인지… 지금 내 몸에 온전하게 남아 있는 것이 무엇입니까."

"…"

"말씀해 주세요. 어머니께서 말씀 안 하시면 의사 부를 겁니다."

"… 말… 해야지, 말, 해야지… "

흐윽, 채 여사가 울음을 삼키는 소리를 민규는 가만히 듣고 있었다. 평범한 일은 아니라는 판단이 칼날을 세워 뇌리를 강타했다. 당장 일어나서 직접 모든 상황을 확인하고 싶었지만, 몸이 말을 듣지 않았다. 눈을 뜨고 있기마저 힘들었고, 머릿속은 수만 갈래로 흩어졌다. 바닷속에서의 구조작전이, 인생의 종말을 가져와 버렸단 말인가.

"어서요, 어머니."

"그래, 딱 한 군데, 문제가 생겼어… 다리… 너, 왼쪽 다리, 무릎 아래가 없다…"

"…"

민규는 말없이 천정만 응시했다.

"이 말하기가, 너무 힘들었다… 너무 힘들었어…"

돌이킬 수 없는 죄를 지은 사람처럼 채 여사는 한마디 한마디를 피 토하듯, 말했다. 터지는 울음을 참으려고 입술을 깨물어 가며 아들의 상태를 알려 주던 그녀는 끝까지 눈물을 흘리지 않았다. 민규는 시선을 허공에 둔 채, 눈썹 하나 움직이지 않았다. 시간이 흘러갔다. 채 여사도, 민규도 영원처럼 긴 시간이라고 생각하면서도 누가 먼저 침묵을 깨야 할지 갈피를 잡지 못했다. 어둡고 침울한 불안감이 채 여사의 명치 끝을 때리고 또 때렸다. 민규가 먼저 입을 열었다.

"… 아버지는요?"

"요 며칠 속이 좀 안 좋은 것 같아서 검사받고 계셔. 좀 있다 오실 거야."

"… 다른 문제가 있는 건 아니죠? 아버지 보고 싶네요…"

"아버진 괜찮으셔. 아버지가 너, 얼마나 귀해 하는지 알지?"

"그럼요. 알고 말고요… 아버지, 걱정 많이 하셨겠어요."

"… 많이 우시더라, 많이…"

"이 정도인 게 정말 다행입니다. 두 분도 그러시죠?"

"당연하지. 너 잃는 줄 알고, 아버지도, 나도, 정신이 나갔었다."

"… 죄송합니다."

"장하다, 내 아들… 내 아들이 사람들 다 살렸어. 대원들도, 선원들도 다… 하지만 난 왜 이렇게 견디기가 힘드니… 꼭 그렇게 했어야 했니… 그러지 말고 먼저 좀 빠져나오지…"

기억 속에 가득 들어차 있던 그날의 공포스러웠던 장면들이 민규의 눈앞에 하나씩 되살아나고 있었다.

"… 상어가 대원들을 공격하는데, 제가 먼저 도망가 버리면 그건 해군이 아니죠."

"… 내 아들, 내가 알지."

"… 눈 좀 감고 있겠습니다."

"어, 그래."

의사가 들어와 상태를 면밀하게 살폈다. 몸 여기저기를 검사해 보더니, 호전되는 속도가 놀라울 정도라고 했다. 혈압, 염증 수치, 폐활량, 산소포화도 상태가 거의 정상 수준으로 회복되었다고 했다.

"기적 같은 일이 자꾸 일어나서 좋습니다. 이 상태만 유지된다면 곧 회복이 가능하겠는데요. 식사 잘하시는 게 무엇보다 중요합니다. 상체에 힘이 실리면 천천히 일어나서 상체운동부터 시작해 보세요."

"… 선생님, 다리 한쪽만 잃어버리게 해 주신 거, 정말 감사드립니다."

민규의 말에 의사는 잠시 생각에 잠겼다가 입을 열었다.

"… 사고 해역에서 서 민규 대위님이 정말 대단한 일을 하셨습니다. 대원들과 선원들을 살리려고 혼자서 상어와 맞섰다는 건 아무나 할 수 있는 일이 아닙니다. 상어의 이빨에 다리가 잘린 채로, 바다 위까지 올라왔다는 걸 기적이 아니면 무엇으로 설명할 수 있겠습니까. 혼수상태로 저희 병원 응급실에 실려 온 서 대위님을, 살릴 수 있다는 생각은 그 누구도 하지 못했습니다. 저희 외과 팀에서 최선을 다해 보려고 온갖 방법을 다 동원했습니다만, 상어 이빨에 물린 곳이 썩기 시작하면서, 급히 수술을 서둘러야 했어요. 잠시도 지체하지 못할 아슬아슬한 상황이었죠. 시간이 조금이라도 더 지체되면 점점 더 상처 부위가 넓어질 것이고 그렇게 되면 썩어가는 절단 부위가 무릎 위까지 올라가게 될 지경이었어요. 그 때문에 환자가 혼수상태임을 무릅쓰고, 수술을 감행할 수밖에 없었던 겁니다. 죽느냐, 사느냐, 피가 마르던 시간 속에서 열여덟 시간의 수술을 끝내고, 생전 처음으로 무릎을 꿇고 기도했어요. 하느님, 이 환자를 꼭 살려 주십시오… 의사 생활 27년 동안, 그렇게 간절한 기도는 처음이었습니다. 환자가 잘 견뎌준 것이 무엇보다 고마웠어요. 대원들을 구해낼 때의 그 마음처럼 삶에 대한 의지도 강렬했었기에 수술도 성공적으로 끝낼 수 있었던 것 같습니다. 더 늦지 않은 것이 정말 다행이었어요. 자칫하면, 다리 전체를 다 잃을 뻔했으니까. 서 대위님의 죽음을 두려워하지 않았던 장렬한 희생은 두고두고 해군의 표상이 될 겁니다. 진정한 해군 정신이 무엇인지, 저도 이번에 다시 또 체험했습니다. 용기를 내세요. 요즘엔 의족이 매우 만족스러워져서 걷거나, 운동하는데 지장이 없을 뿐 아니라, 달리기도 할 수 있으니까요. 저도 해군 군의관 출신입니다."

"… 고맙습니다."

의사가 나가고, 말없이 천정만 바라보는 민규에게 채 여사가 조심스럽게 물었다.

"… 민규야… 윤 선생한테, 연락할까?"

"안됩니다, 어머니!"

민규는 단호했다. 채 여사는 더 말을 꺼내지 못했다.

"연락하지 마세요."

"… 알았어…"

"저, 배고파요."

"그래? 얼마나 듣고 싶은 말이었는지 아니? 곧 저녁 나올 거야. 병원 음식, 근기가 없긴 해도 먹어야지."

"과일도, 빵도, 스테이크도… 다… 먹고 싶어요, 다."

"나가서 다 사 올게. 조금씩 먹으면 소화가 되겠지. 아버지 오시네."

서 태수가 병실 안으로 들어서서, 초췌한 얼굴로 아들 곁으로 다가섰다.

"서 대위! 깨어났구나!"

"충성!"

"쉬어, 편히 쉬어."

"사랑합니다, 아버지."

"고맙다, 이렇게 무사히 우리 곁에 돌아와 줘서…"

"검사받은 데는요?"

"위내시경 검사했는데, 이상 없대. 위염이 약간 있는 건 약 먹으면 되고."

"두 분, 건강 관리 잘 하십시오. 아들 효도 꼭 받으셔야죠."

"… 역시 넌 내 아들이야."

서 태수가 아들의 손을 잡아 자신의 뺨에 갖다 댔다.

"이 손을 다시는 잡을 수 없을 줄 알고 얼마나 애가 탔는지 모른다. 회복해 주어서 정말 고맙다. 앞으로 우리, 아무 욕심 부리지 말자. 귀한 목숨 건졌으면 됐지 뭘 더 바라겠니."

"그럼요. 제가 여전히 두 분 아들로 살아갈 수 있어서 행복합니다."

"여보, 민규 힘들어요. 말 많이 시키지 마세요. 저녁이 나올 때가 됐는데… 아. 이제 밥이 나오네."

채 여사가 밥을 받아 침대 위의 테이블을 펼쳐 그 위에 놓았다. 서 태수는 아들이 몸을 일으켜 앉을 수 있도록 조심스럽게 부축했다. 이젠 그만 잠에서 깨어나야 한다는 생각으로 민규는 꾸역꾸역 밥을 입안으로 떠 넣었다.

1993년 겨울. 아침부터 눈가루가 날렸다. 남쪽 지방에서 눈을 보는 것은 보통의 행운이 아니라서 민규는 창문을 활짝 열어젖혔다. 눈송이가 제법 큼지막했다. 밖으로 달려나가고 싶은 충동이 불쑥 솟다가 사라졌다. 긴 해안을 끼고 있는 통영시 산양면 언덕배기에 룸을 얻어 생활한 지 벌써 3년째로 접어들었다. 오르고 내려가는 언덕길이 그다지 까다롭지 않았고, 엘리베이터가 있어 4층에 있는 룸까지 출입하기도 어렵지 않았다. 어제까지 잔뜩 찌푸리고 있던 날씨였긴 해도, 오늘 이렇게 천지에 눈뭉치를 던져 줄 줄은 몰랐다. 사시사철 변화를 가져다주는 자연현상이 한없이 고마웠다. 사소한 변화이긴 하지만, 결코 사소하게만 바라볼 수 없는 것들이 세상에 많다는 것을 예전에는 알지 못했었다. 고통 없이 주어지는 것은 이 세상에 없다는 걸 어느 하루 한순간이 깨닫게 해 주었다, 그 어느 하루를 빌미로, 고통을 나누어 갖자고 염치없이 매달리는 짓은 가당치 않은 욕심일 뿐이다. 세상 속에는 가지 않아야 할 길이 분명히 있었다.

창밖 언덕 아래쪽에서 누군가가 올라오고 있었다. 오 주철 소령이었다. 가까이 다가오는데, 어깨를 덮고 있는 무궁화

계급장이 눈부시게 빛났다. 민규가 창밖으로 얼굴을 내밀고 손을 흔들었다. 오 소령이 민규를 발견하고 거수경례를 붙였다.

"서 민규 중령님께 충성!"

"어서 오십시오, 충성!"

민규가 룸 출입문을 열어 놓자, 곧이어 오 소령이 안으로 모습을 나타냈다. 양손에 가득 들었던 짐을 안으로 들여놓으며 한 번 더 경례를 붙였다. 검은색 겨울 해군 제복을 보자 가슴이 먹먹했다. 군복을 벗은 지, 오래됐는데도 제복만 보면 뛰는 맥박을 어찌할 수가 없었다.

"이게 다 뭡니까."

"그냥 이것저것 샀습니다. 과일, 술, 안주, 심심할 때 읽어 보시라고 요즘 많이 읽히는 책 몇 권. 그리고 이건 겨울 파카."

"옷까지… 감사하게도… 그냥 오셔도 되는데…"

"말씀 낮추십시오. 불편합니다."

"말을 낮추다니요. 현역 소령님이신데. 저기 앉으십시오."

민규가 발코니 앞 창가에 놓인 테이블을 가리킨다.

"한번 상사는 영원한 상삽니다! 이 시간 이후로 말씀 낮추지 않으면, 다시는 중령님 뵈러 오지 않을 겁니다!"

"하하하… 알겠네."

"진작 그러셔야죠."

민규는 캔맥주와 마른안주를 오 소령 앞에 놓고 마주앉는다.

"준비하고 있는 일은 잘 진행되고 있습니까?"

"그럭저럭… 아직은 볼품없는 시작 단계지. 기술 인력도 부족하고…"

"조급하게 생각하지 마시고 천천히 하십시오. 선박 수리업은 조선업계에서도 거의 눈을 돌리고 있지 않는 분야라서 전망이 어둡지는 않습니다. 진입장벽이 험난하긴 하지만 서 중령님 같은 열정으로 도전하신다면 못할 일이 뭐 있겠습니까. 방법을 찾다 보면 가능성은 충분할 겁니다. 저도 최대한 돕겠습니다. 한번 해군이었으면, 됐습니다. 한국은 조선업이 워낙 강한 나라이기도 하고요. 중령님께서는 반드시 성공하실 겁니다."

"세계적 조선 강국인 대한민국이 선박을 보수하고 관리하는 수리 조선산업은 세계적인 경쟁력에 뒤처지고 있어서 안타깝지. 현재 해상물류는 선박의 대형화 추세 때문에 수리 기술을 당연히 보유해야 돼. 파나마 운하가 개통되면서 선폭이 54미터까지 통과가 가능해졌는데, 한국의 그럴듯한 수리 조선소는 아직 전무한 상태야. 세계에서 여섯 번째의 항만 부두를 보유한 부산에서조차 중국에 가서 수리를 진행해야 하는 사정이니까, 참 답답한 노릇이지."

"배가 지긋지긋하지도 않으십니까?"

오 소령이 물었다.

"… 나한테 배는 또 다른 인생이야. 이렇게나마 배를 가까이 접할 수 있다는 것이 얼마나 다행스러운지 몰라. 무슨 거대한 포부를 가지고 시작한 일도 아니라서 급하게 서두르진 않아. 그런데… 자꾸 다른 이야기로 뜸을 들이려고 하는 걸 보니, 별로 내키지 않는 소식을 갖고 온 거 같은데?"

민규가 캔을 들어 오 소령의 캔에 부딪힌 후, 들이켰다. 짐작 가는 바가 있었지만 먼저 말을 꺼낼 수가 없었다. 오 소령도 캔을 다 비우고 마른안주를 질겅질겅 씹어 삼킨 후 어렵게 입을 열었다.

"윤 선생님, 결혼합니다."

"…"

"다음달입니다."

"…"

"남편 되는 분은 세 살 연상의 대기업에 근무하는 건실한 사람이고, 집안도 상당히 괜찮은 것 같았습니다."

"…"

"… 죄송합니다."

"하하… 오 소령이 뭐가 죄송해? 소식 알려 준다고 그간 고생 많이 했는데… 잘 됐어. 그러길 바라고 있었으니까… 두바이에 가서 삼 년쯤 있다 올 생각이었거든. 수리 조선은 두바이가 뛰어난 기술을 보유하고 있어서 거기 가서 이론과

실기 공부도 하면서 전반적인 기술도 좀 익히려고 해. 진지하게 한번 빠져들어 본 후에, 본격적으로 사업을 시작해 볼 생각이야. 오 소령, 다음에 전역하면 자리 하나 마련해 줄 수 있도록 사업 단단히 키우고 있을게."

"… 그때 그냥 저희를 못 본 척하시지… 두고두고 제 가슴 속으로 상어 떼가 습격해 옵니다. 중령님 희생 덕분에 저희는 멀쩡하게 살아서 결혼도 하고 진급도 하고, 할 짓 다 하고 있는데…"

"만약 오 소령이 그때 그 상황에 처했어도 나처럼 똑같이 했을 거야. 부하가 상어한테 먹히기 직전인데 못 본 척 지나가 버린 상사라면 그는 옳은 해군이 아니지. 만약 그때 나만 혼자 빠져나왔다면, 지금 내가 잘 살아가고 있을까. 그건 사는 길이 아니라 죽는 길이었어. 내가 희생했다고 생각하지 않아. 그건 그 순간 내게 주어진 당연한 임무였고 난 그 임무를 수행했을 뿐이야."

"살아남은 저희들은 어느새 그때 일 다 잊어버리고 뻔뻔하게 제 갈 길로 잘 가고 있습니다. 너무 염치없지만 모른 척 눈 딱 감고, 그냥 앞으로 앞으로 걷고 있습니다. 그런데 한 발 한 발 디딜 때마다 중령님의 잃어버린 다리가 자꾸 앞을 가로막아 고통스럽습니다. 죄송합니다…"

"오 소령… 다시 그 순간이 와도 난 똑같이 할 것이야. 그 일은 나한테도 영광이었어. 해군 역사상 유례가 없는 특혜를 받으며 전역도 했고… 이제 내 희망은 오 소령이지. 반짝이는 별을 거쳐, 더 높은 자리까지 멋지게 승승장구하기를 바랄게. 그리고 오늘 소식 알려 줘서 고맙고. 이제 더 이상 소식 전해 주지 않아도 돼. 무소식이 희소식이다 여기고 지내다 보면, 또 한 세월 담담하게 흘러가겠지.”

"그동안 제가 윤 선생님께 달려가서 중령님 소식을 사실대로 전하고 싶었던 마음 모르실 겁니다. 수도 없이 그 생각을 하다가 접고, 하다가 접고… 왜 끝까지 윤 선생님을 찾지 않으셨습니까. 윤 선생님은 중령님을 너무나 애타게 찾아다니셨습니다. 몇 년 동안이나…”

"…"

"정말 안타깝습니다. 두 분의 애달픈 이야기… 윤 선생님이 중령님의 상황을 알게 됐다면, 결코 중령님 곁을 떠나지 않았을 겁니다.”

"… 바로 그 이유 때문이야. 설옥씨가 날 버리지 못할 거라는 거… 나 좋자고, 사랑하는 여인 앞에 이 흉한 다리를 드러내 보일 순 없었어. 잃어버린 다리를 핑계로 그녀를 붙잡으려 한다는 건, 나로선 도저히 용납할 수 없는 짓이었어. 설옥씬 나를 절대로 버리지 못할 사람이지. 그래서 결심했던 거야. 그녀가 나를 찾을 수 없는 곳까지 멀리 가 버려야겠다… 내 자신도 내 다리를 쳐다보는 것이 쉽지 않은데, 꽃잎처럼 마음 여린 그녀가 이 모습을 보면 얼마나 고통스러울까. 알량한 몸뚱아리를 미끼로 삼고 싶지 않았어. 나한테 묶여서 불구 남편 데리고 산다는 소리를 듣게 만드는 건, 그녀를 날마다 고문하는 짓이다… 내가 무슨 권리로 설옥씨한테 그런 형벌을 가해? 나만 없어진다면 그녀의 앞날은 따뜻하겠지… 내 양심이 줄곧 그렇게 깃대를 세우고 있었어."

"그런 분이라서 제 마음이 찢어집니다. 항상 자신보다 남을 먼저 생각하시는 분이라서… 진리를 구하자. 허위를 버리자. 희생하자… 사관생도 때. 그렇게도 가슴에 새겼던 교훈이었는데, 실천하기 쉽지 않았습니다. 지금도 그렇고요… 서 중령님 신발 벗어 놓은 곳도 못 따라가는 저급한 해군이 바로 접니다. 윤 선생께 절대로 연락하지 말라는 중령님 말을 그대로 받아들인 멍텅구리였으니까요. 그냥 무조건 연락을 드렸어야 했습니다. 그 다음에 어떤 결과가 오던, 윤 선생님이 결정할 일 아니겠습니까. 그런데, 이제 그마저도…"

오 소령은 남아 있는 캔맥주를 꺼내 몽땅 다 비웠다.

"바라고 있던 일이야. 오 소령이 사랑하는 여자와 이별했나? 꼭 그런 사람처럼."

"지금이라도 연락드리고 싶습니다. 우리 서 민규 중령님, 꼭 한 번만 만나보시라고 간청하고 싶습니다."

"오 소령!"

"… 알겠습니다, 충성!"

경례를 붙인 오 소령이 룸 밖으로 나갔다. 민규도 따라 나갔다. 밖엔 새하얀 눈이 쉬임 없이 휘날리고 있었다. 목발을 짚은 민규를 오 소령이 부축하려 하자, 민규가 뿌리쳤다.

"걱정 마. 목발이 오 소령보다 훨씬 든든하니까."

두 사람은 흰 눈이 두둑하게 쌓이고 있는 룸 주변 소나무 숲속으로 들어가, 약속이라도 한 듯 눈을 뭉치기 시작했다. 시간이 흘러가면서 눈뭉치가 점점 우람해지더니, 믿음직한 해군이 만들어져 언덕을 내려가는 오 소령을 오래도록 배웅했다.

영하로 떨어진 날씨가 이어지고 있었다. 바람이 사방팔방으로 손톱을 세워, 거리를 지나는 사람들의 얼굴을 할퀴고 지나갔다. 버지니아 호텔 삼층 결혼식장 로비는 축하객들로 가득 차서 누가 누군지 구별하기조차 힘들 정도였다. 아무도 자신을 알아볼 사람이 없을 것 같아 안심해도 되겠다 싶었다. 예식 시간을 미리 알아 두었던 민규는 조심스럽게 식장 안으로 들어가 축하객들이 가장 붐비는 적당한 자리를 골라 섰다. 먼발치에서 얼굴만이라도 보고 싶다는 갈급함이 결국 여기까지 오게 만들었고, 어젯밤 결혼식장 가까운 곳에 숙소를 잡아, 뜬눈으로 밤을 꼬박 샜다. 평생 잊어 본 적 없었던 사람이기에 아무 일도 아닌 듯 가만히 있을 수가 없었다. 소식을 알리러 왔던 오 소령 앞에서는 이 세상 어떤 남자보다 담대한 척했지만 절제하기 힘들었다. 오늘, 결혼식을 보고 나면 잊을 수 있을 것이라는 확신이 들었다. 그녀가 완전히 떠나가는 모습을 눈앞에서 직접 보고 나면 가볍게 발걸음을 뗄 수 있을 것 같았다. 그녀가 없는 삶을 떠올려 본 적조차 없었지만, 말없이 보내야 한다는 생각 또한 흔들림 없었다. 무작정 그녀 앞에 나타나서 잔혹하게 상처를 입히고 싶지는 않았다. 하지만 이 형언하기 어려운, 이 광활한 공간을 어떻게 감당해야 할지.

한 번은 봐야 했다. 그래야만 잊혀 질 것이었다. 설옥의 마지막 모습을 직접 확인하지 않고 지나가 버린다면, 더욱 더 황량한 빙하 한가운데로 내동댕이쳐질 것이었다.

결혼식 오 분 전.

민규는 신랑 신부가 딛고 걸어갈 무대를 뚫어지게 쳐다보고 있었다. 식이 곧 시작되겠다는 사회자의 음성에 축하객들의 소음이 가라앉았다. 장미꽃과 현란한 조명이 드리워진 화려한 결혼식장이었다. 민규는 짙은 색안경과 마스크로 얼굴을 가린 채, 신랑 측 하객들 속에 섞였다. 식이 시작되었다. 신랑이 먼저 입장했다. 큰 키의 잘생긴 미남이 활기찬 걸음으로 하객들 사이를 지나갔다. 신랑의 힘찬 구둣발이 민규의 가슴을 걷어차며 지나갔다. 박수 소리가 천장을 무너뜨릴 듯 쏟아졌다. 신랑은 하객들을 바라보는 자세로 돌아서서 신부를 기다렸다. 드디어 신부 입장이 있겠다는 사회자의 목소리. 민규의 목이 콱 잠겨 왔다. 웨딩마치가 흘러나

오고, 아버지의 손을 잡은 아름다운 신부가 무대 위를 걸어오고 있었다. 하얀 드레스를 입은 눈부신 한 천사가 신랑을 향해 느리게, 느리게 걸어갔다. 신부의 앞날을 축하하는 박수 소리가 돌팔매질이 되어, 민규의 어깨 위로 쏟아졌다. 딱 한 번만 뒤돌아보라고 소리치고 싶은 충동이 부르르 솟았다. 기다리고 있던 신랑이 신부의 손을 잡고, 주례를 마주보고 섰다. 이 마지막 장면이 있어야 숨을 쉴 수 있을 것 같았다. 당연히 그럴 것이다. 정리하기 위해서라도 꼭 와야만 했었다. 설옥은 예식이 진행되는 동안 단아했고, 우아했고, 미소를 잃지 않았다. 눈물을 흘리지도 않았다.

다, 잊어버리고 가는구나…

설움이 복받쳐 올랐지만, 이제는 설옥을 보낼 수 있을 것 같았다. 어깨를 살짝 드러낸 저 하얀 웨딩드레스를 입혀 주고 싶었던 바람을, 이제는 깨끗이 접을 수 있을 것 같았다.

밤거리를 얼마나 헤매고 돌아다녔던지, 왼쪽 다리 의족이 마구 뒤틀리는 소리를 듣고 나서야 간신히 택시를 잡아타고 집에 도착했다. 술집을 네, 다섯 군데쯤 들렀던 것 같았다. 대문 벨을 누른 후, 주머니에 넣어 두었던 담배갑을 꺼냈다. 안이 텅 비어 있었다, 한 대도 피운 기억이 없는데, 담배갑이 맹탕이라니. 어떤 놈이 내 담배를 훔쳐 갔네, 훔쳐 갔어. 우라질.., 담배갑을 잔뜩 구겨 골목 아래로 냅다 던지며 민규는 바닥에 털커덕 주저앉았다.

"정신 좀 차려 봐. 민규야! 정신 좀 차려, 정신 좀…"

낯익은 목소리가 들리자, 민규는 비로소 자신이 집을 제대로 찾아왔다 싶어 마음이 놓였다.

"아, 우리 어머니, 대문까지 아들 마중을 나오셨군요."

"들어가자, 날씨가 이렇게 추운데 어딜 다녔던 거야."

채 여사는 아들을 감싸안으며 어찌할 줄을 몰랐다.

"어머니, 밥 있습니까?"

"아이구, 여태 밥도? 어서 들어가서 밥 먹자."

"저, 이틀 동안 굶었습니다. 무지하게 배고파요."

"알았어, 어서 들어가자."

채 여사는 비틀거리는 아들을 부축해 대문 안으로 들어섰다. 옷을 다 벗어 버린 정원의 크고 작은 나무들이 늘 있던 그 자리에 서서 민규를 맞아 주었다. 태어날 때부터 살았던 집이라 집을 떠나 있는 동안 어린 시절 커다란 그늘을 만들어 주던 나무들이 문득문득 그리워지곤 했었다.

"나무들은 변함없이 날 반겨 주네… 올 겨울도 잘 견뎌라, 잘!"

"나무가 니 걱정하겠어."

"하하… 아버지는요?"

"해외 출장 중이시잖아."

"아, 참, 내 정신 좀 봐. 아버지 뵙기 쑥스러웠는데…"

"쑥스러워 할 무슨 짓 했니?"

"아닙니다, 그런 거 없습니다."

"마침 욕실에 물 받아 놨으니까, 밥 차리는 동안 씻어. 온탕에 몸 좀 푹, 녹여라."

집 안으로 들어서서 채 여사가 민규를 욕실로 밀어 넣었다. 민규는 옷을 다 벗어던지고 의족을 빼서 벽에 세워 둔 후, 욕조에 몸을 담궜다. 따뜻한 물이 몸을 감싸자, 잠이 쏟아졌다. 뱃속에서의 꼬르륵 소리가 물 밖으로 흘러나오는데도 덮치는 잠을 이길 수가 없었다. 오늘 있었던 장면들이 가물거리며, 여기저기로 무단 침범했다. 설옥을 보러 잘 갔었다. 가지 않았다면 지금도 안개 기둥을 잡고 기다리고 있을 것이었다. 잊어버릴 것은, 잊어버려야 한다. 잊어버릴 줄 알아야 한다.

꼬르륵 소리 때문에 도무지 깊은 잠이 들지 않았다. 최근에 이렇게 시장기를 느꼈던 적이 없었다. 뭐라도 먹어야겠다 싶어 자리에서 일어났다. 주변을 더듬어 보니, 침대 옆에 목발이 얌전히 놓여 있었다. 목발을 짚고 방 밖으로 나갔다. 어머니가 음식이 가득 차려진 식탁에 앉아 이쪽을 바라보고 있었다. 민규가 깜짝 놀라서 식탁 가까이 다가갔다.

"어머니, 여태 안 주무셨어요?"

"어서 와. 밥 먹자."

뒤죽박죽된 생각을 굴려 어떻게 된 영문인지를 들춰내 보려고 했으나, 머릿속은 백지 상태였다.

"제가 집으로 바로 오긴 했던가 봐요. 택시 탄 것까지는 기억이 나는데."

"집을 찾아온 게 천만다행이지. 해물찌개 끓였다. 숙취엔 괜찮을 거야."

"안 드셨죠? 같이 먹어요."

"지금 새벽 4시야. 천천히 먹어. 속이 텅 비었는가 보더라. 이틀 굶었다면서 밥 달라고 떼쓰던 걸 보니…"

밥상을 보니 시장기가 한층 더 극렬해졌다. 민규는 식탁에 앉아 정신없이 먹기 시작했다.

"제가 난리를 쳤나 보군요. 어머니 해물탕 솜씨는 역시… 국보급입니다."

민규가 엄지척을 해 보였다.

"끓여서 보내 줄까?"

"아닙니다. 제 요리 솜씨도 이젠 수준급입니다. 어머닌 밥하고 빨래하고 그런 일, 하지 마세요. 그저 건강하게 옆에 계셔만 주셔도, 아버지도 저도 대만족입니다. 아줌마 계속 오시죠?"

"일주일에 한 번만 오라고 했어. 음식을 해도 먹을 사람도 없고… 아버지도 일 년 중에 반은 미국에 가 계시잖아. 이참에 집으로 들어오는 게 어떠니. 이 넓은 집에 나 혼자 적적해."

"누님들, 자형들 계시잖아요. 자주 한국에 좀 나오라고 하세요. 참, 혼자 되신 큰이모님, 이리 오시라고 하면 되겠다, 그렇게 하세요."

"그게 중요한 게 아니야. 너, 장가 가. 솔직히 얘기해서 우리 집 사정 알게 되면, 시집 올 여자 많아. 저… 작은이모랑 알고 지내는 사람이 있는데, 그 집 딸, 아주 괜찮다더라. 간호원인데, 얼굴도 이쁘고, 성격도 아주 다정하고, 또 교회를 그렇게 열심히 다닌다네. 너에 관해서도 좀 알고 있다고 하더라… 네가 집안이 빠지니, 배우질 못했니. 못생기길 했니… 하는 일도 이제 틀이 잡혀 가는 중이고… 그 아가씨 혼자 버는 돈으로 집안 살림을 다 하나 보더라. 친정아버지도 병중에 계시고… 우리가 조금만 도와주면…"

"…"

"… 내키지 않나 보구나."

"… 아내를 돈으로 사라는 말씀이잖아요. 그런 생각을 하시다니, 어머니답지 않으신데요."

"너 이렇게 지낸다고 누가 알아 줘? 윤 선생만 평생 그리워하면서 살 거야? 그렇다면 만나 보기라도 하던가."

"… 설옥씨, 결혼했어요, 어제."

채 여사의 얼굴빛이 굳어졌다.

"… 그래서 네가 간밤에… 잘 됐네, 결혼했을 거라고 생각은 하고 있었어. 그러니 너도 이제 멈춰. 그 정도 했으면 넘치도록 했어. 훗날, 훗날에 윤 선생이 너 이랬던 거 알게 되면 참 많이 아파할 거야. 신붓감 데리고 온다고 해서 나랑 아버지랑 얼마나 기다리고 있었는지 모른다. 서로 인연이 못 됐던 거지. 막상 결혼했다고 하니까, 너 이제 앓던 병 낫겠구나 싶기도 하네. 남자가 마음이 그리 여려서⋯ 여자 하나를 그렇게도 놓질 못해서⋯"

채 여사가 손등으로 뺨을 타 내리는 눈물을 닦았다.

"윤 선생이 한 남자의 아내가 되는 걸 보고 나니까, 제 마음이 오히려 가벼워졌어요. 정말 행복하게 살았으면 좋겠다⋯ 아들도 낳고, 딸도 낳고⋯ 아무런 걱정없이⋯ 시간이 빨리 흘러가 버렸으면 좋겠어요. 이 다음에, 윤 선생도 나도, 머리카락이 하얗게 센 노인이 되었을 때, 그때 꼭 한 번 만나보고 싶어요. 그때 꼭⋯"

"니 마음, 알아. 알고 말고. 하지만 엄만 너도 아들 낳고 딸 낳고, 남들처럼 그렇게 사는 거 보는 게 소원이야. 그걸 못 보고 내 눈이 감기겠니? 아버지도 그러시더라. 너 장가 보내서 손자 안아 보는 게 마지막 소원이라고⋯ 집안에 대가 끊긴다고 걱정을 태산같이 하고 계셔⋯"

"⋯ 누님, 자형들이 잘하고 계시잖아요. 똑똑한 조카들도 있고⋯"

"반듯한 아들 놔두고 출가외인을 왜⋯ 이모가 말하는 그

아가씨, 볼 마음이 조금도 없는 거니?"

"차라리 윤 선생한테, 이혼하고 제게 와 달라고 하는 게 낫겠어요."

"… 휴우… 어떡하니, 널…"

"어머니… 사나이가 한세상을 산다는 건, 자신이 가려고 했던 길에 불어닥치는 온갖 풍파를 피하지 않고, 정면으로 맞서서 결단을 내려야 하는 거라고 생각해요. 목표했던 지점에 도착했을 때, 자신이 찍어 왔던 발자국을 뒤돌아보기가 망설여진다면, 그 패배감을 어떻게 감당하겠어요. 다른 남자의 아내가 되는 설옥씨를 가까이서 바라보자 없어진 제 왼쪽 다리가 새로 돋아나는 기운을 느꼈습니다. 이제 확실히 끝이 났구나… 정리가 되었기 때문입니다. 하지만 맹세컨대, 다리를 잃어버렸던 그때의 시간을, 절대로 후회하지 않습니다. 그 순간은 완전하게 제게 주어졌던 저만의 시간임이 명백했으니까요. 서 민규, 너는 부하를 위해 너를 던진 것이 아니다, 너의 품성이 그랬기에 너를 던진 것일 뿐, 그것은 희생도 배려도, 그 무엇도 아니다. 너에게 비수를 들이댄 가혹한 운명을 피하지 않은 것은, 돌아갈 길 없었던 너의 선택이었다… 그러므로 네 몸에 새겨진 약간의 균열을 기꺼이 수긍해라… 이렇게 제 자신이 분명하게 보였던 적 없습니다. 사나이가 자신을 던져야 할 결단의 순간과 마주섰을 때, 그 순간에 추호도 머뭇거림이 없었다면 그건 성공한 인생입니다. 전 이제 아무리 거친 풍파가 닥쳐도 거뜬히 이겨낼 겁니다. 제 옆에 한결같이 어머니가 계시니까요."

소멸의 온도

덕희는 한창 작업에 몰두하고 있다. 설옥이 화실 안으로 들어서자 깜짝 놀라서 들고 있던 붓을 떨어뜨린다.

"연락도 없이 이 시간에 우짠 일이고? 어쨌거나 화실 방문은 대환영!"

"방해하려고 무식하게 들이닥쳤어."

"안 그래도 몸이 근질근질하던 중이었거든. 커피 내릴까?"

"진하게 부탁해."

"오케이. 안색이 레몬처럼 상큼해진 것 같네. 뭐 좋은 일 있었나?"

"… 어."

"좋은 일 있었다꼬? 햐, 뭐꼬? 궁금해서 배꼽이 다 간질간질한다."

"여기, 참 멋있어… 화실 밖에 동백숲, 붉은 동백꽃…"

"또, 또, 엉뚱한 색깔로 밑그림을 흐릴라꼬?"

"… 그냥… 작업은 천천히 하고, 오늘은 나랑 놀아."

설옥의 말에 덕희는 반응이 없다. 커피를 머그잔에 부어 테이블 위에 놓고서도 설옥의 눈치만 살핀다. 설옥은 커피잔을 들고, 벽에 가득 놓여 있는 그림들을 들춰 보면서 감상한다. 덕희의 추상화는 들떠 있는 듯, 가라앉은 듯한 색감이 독특하다. 화폭에 눈이 부실 정도의 원색을 풀어놓은 것 같지만, 원색들을 가라앉히는 낮은 톤의 색 배합으로 묘한 조화를 이루고 있다.

"네 그림들을 보고 있으면 숲속으로 들어선 기분이야. 하긴, 숲속에서 그리는데 왜 안 그렇겠니. 너의 본능이 가리키고 있는 너만의 숲이라는 독특한 감각이 좋아. 우리 동창들 중에서 네가 제일 출세했잖아. 유명 화가를 친구로 두기가 쉬운가, 영광이지."

보통 때 같으면 옆에 다가와서 그림에 관해 설명도 해 주던 덕희는 설옥이 무슨 말을 해도 가만히 있다.

"남편 복도 많고… 자식 복도 많고… 오 덕희는 이 세상에서 부러운 게 뭘까."

설옥은 덕희의 무덤덤에 아랑곳하지 않고, 계속 혼자서 이런저런 이야기를 쏟아 낸다.

"나이도 전혀 안 들어 보이지… 얼굴, 몸매도 탁월한 데다가 옷맵시까지 빼어나지… 재력도 받쳐 주지… 아들은 의사지… 살림도 야무지게 잘 해… 티끌 하나 떼어낼 게 없어. 조상 대대로 나라를 구한 게 맞나 봐."

덕희는 다 비운 커피잔에 또 커피를 붓는다.

"나도 리필."

말을 해 놓고도 설옥은 딱히 커피를 더 마실 생각이 있어 보이지도 않는다. 화실 안이 커피 냄새로 가득 찬다.

"이리로 와서 앉아 보이소."

설옥이 다가와 의자에 앉는다. 덕희가 설옥의 잔에 커피를 따른 후 입을 연다.

"… 만났제?"

"… 어."

"그 말하기가 이리 힘들어서 우짜노. 막, 풀어놔도 괜찮타. 내, 니 친구 아이가. 니하고 내 사이에 못 건드릴 지점이 오데 있노."

"… 그러게… 난 왜 늘 이 모양일까. 소극적이고, 늘 뒤로 한 발 빼고…"

"그런 말하지 마라. 니가 언제 뒤로 발을 뺐노. 발을 안 빼서 문제지. 지금까지 한 발도 안 빼고 가지런히 있었다 아이가. 그만하면 니 인생에서 쌓아야 할 돌탑은 다 쌓아 올린 기다."

"기다린 게 아니야."

"그라모, 뭐꼬?"

"그 사람을 기다린 게 아니라, 그의 진실을 기다린 거지. 갈급함 같은 거… 나를 만나는 동안 보여 주었던 그 사람의 모든 행동이 가짜였을까… 그 답을 확인할 길이 없었으니까… 인생이 이대로 끝나 버리는가 싶어 허망했어. 무슨 원죄가 있었길래 이렇게 뒤틀려 버렸을까."

"솔직히 니는 추호도 의심 안 했다 아이가. 서 대위가 절대로 니를 배신했을 리가 없다 카는 거… 언젠가는 그 진실의 순간이 올 거라고 믿고 있었을 끼고… 그런 걸 인내라 카는 기다."

"…"

"니, 진짜 마이 놀랐제?"

"… 넌… 알고 있었지?"

"짐작만 하고 있었지, 뭐. 그 자존심 높던 사람이 어딜 많이 다쳤으니까, 니한테 구질구질해 보이지 않으려고 연락을 딱 끊고 숨어 버린 거 아닐까… 충분히 그런 선한 추측을 가능하게 하는 사람이었잖아."

"… 누가 그렇게 하라고 했길래…"

"만약 그때 서 대위님, 니 앞에 나타났으모 결혼했겠나?"

설옥은 덕희를 정면으로 주시한다. 대답할 말이 궁색해서가 아니라, 덕희가 미처 짚어 내지 못하는, 어쩌면 설옥 자신조차도 알 수 없었던 감정의 흐름이 지금 이 순간, 포착됐기 때문이다.

"결혼 안 했어."

"…아무래도, 그랬것제."

"대신… 내 손가락 하나, 잘라버렸을 거야."

"… 뭐라꼬?…"

"사랑한다면, 그렇게라도 해야 하지 않니. 그러지 않으면, 무엇으로 증명해? 진심으로 그 사람을 사랑했어, 진심으로… 그 사람이 없어져 버린 후, 단 하루도 땅을 딛고 사는 것 같지 않았어. 비눗방울처럼 공중에 붕 떠다니는 기분이었어… 살아 있으려고 독하게 마음먹고 내키지 않던 결혼도 했었고…"

"알아, 그때 니가 어땠었는지…"

"이까짓 손가락 하나, 잘라 버린들 뭐 어때? 살아가는데 아무 지장 없잖아."

"… 설옥아…"

"그 사람이, 걸어오는 걸 보고 있었어. 높지도 않은 계단을 내려서는데, 어쩐지 행동이 너무 무겁다 싶더니, 계단 아래로 툭, 넘어져 버리더라. 넘어질 장소가 아니었거든. 막 뛰어가서 그 사람을 일으켰어. 얼마나 난감했을까… 날 만나지 못했던 이유가 아픈 다리 때문이었는데… 어떡하니, 어떡하니…"

설옥은 흐르는 눈물을 주체하지 못한다. 덕희가 설옥의 손을 잡고 토닥거린다.

"… 니 눈물이 내 속을 와 이리 대낮같이 환하게 밝히는고 모르겠네. 그동안 니가 빛 한줄기 안 들어오는 감옥에 갇혀서 살고 있는 것 같았거든. 인제는 그 감옥 부수고 나온나. 마음 가는 대로 따라가모 되는 기다. 세상을 너무 단색으로만 보면, 곁가지에 살갗이 마이 찔리는 법이다. 딴딴한 멍게, 미더덕 껍데기도 씹어보면 단맛이 난다 아이가. 서울내기들은 아예 못 먹는 긴 줄 알고 버리지만, 껍데기에 찰싹 붙어있는 꼬들꼬들한 살이 얼마나 맛있는 줄 모르제? 그 맛, 즐기면서 사는 기 작은 행복이지 뭐겠노. 옛날에 서 대위가 멍게 껍데기를 그리 잘 먹더라면서, 내 만날 때마다 니가 깔깔거리면서 이야기했던 거 잊혀지지도 않는다. 그렇게 살아가모 되는 거 아이겠나. 인생이 괴물 같은 데가 있긴 하지만, 맛난 부분을 살짝 숨기고 있는 멍게 껍데기 같은 구석도 있는 법이다."

"넌, 알고 있었으면서 왜 말 안 했니…"

"…"

"대답 못하는 거 보니 후회되지?"

"니를 이 세상에서 최고로 아끼는 친구로서, 설마… 아무 것도 모르진 않았지."

덕희의 말에 설옥은 울음을 삼키고 덕희를 바라본다.

"밖에 나가서 쫌 걸어 보까? 동백 몽우리가 아롱아롱 맺혔던데."

"어. 산책하러 가. 답답해."

두 사람은 코트를 걸치고 화실 밖으로 나간다. 화실 앞, 도로 양쪽으로 동백숲이 사열하듯, 길게 이어져 있다. 그 숲 사 잇길을 두 사람이 걸어간다.

"솔직히 고백하면, 니하고 서 대위가 결혼하는 거, 진짜 내 마음이 안 내키더라. 니가 장애인하고 평생 살아가는 모습을 그려 보니까, 내 몸이 다 감전되는 것 같고…"

덕희가 설옥의 어깨에 팔을 두른다.

"니 성격상, 서 대위, 다리 다쳤다고 냉정하게 돌아서 버릴 애도 아니고… 니가 절대로 돌아서지 못할 꺼라서, 그래서 숨겼던 기다. 입 닫자고 정리를 하고 나니까, 죽일 듯이 나를 괴롭히던 위궤양이 사라지더라. 이제 다 잊고 결혼해서 잘 살겠지… 울고불고 서 대위 찾아다니던 니를 생각하면, 이야기해 주는 기 맞다 싶다가, 인연이 안 되는데, 뭐 할라꼬 굳이 불씨를 만들겠노 싶어서 입에 빗장을 걸었따. 지금 생각하면, 그때 말했어야 했다는 후회도 되고… 거대한 벽이 가로막아도 만나야 할 사람은 벼랑 끝에 매달려서라도 서로 만나게 되는 긴지…"

"… 그럼 그동안 흘러간 세월은 뭐니… 이런 가혹한 일이 어딨어…"

"그 세월 속에서 깊어지고 다져지고 그랬던 기지 뭐. 그런 후에 만나라는 신의 섭리 같은 거."

"… 섭리…"

"… 오직 신만이 모든 것을 알고 있는 기지… 그런 생각이 드네…"

동백길 끝까지 와서, 두 사람은 왔던 길을 다시 되돌아서 걷는다. 가끔 바람이 소리를 지르면, 동백잎이 바람맞은 남자처럼 우악스럽게 몸부림을 치다가 멈추곤 한다. 덕희는 설옥의 어깨에 팔을 올린다.

"몸 따듯한 거 봐라. 이래 갖꼬, 누구하고 이별을 한단 말이고. 니한테 처음 주어졌던 그 길로 돌고 돌아서 다시 온 기다. 나도 엄청 궁금하데이, 우찌 변했을꼬, 우리들의 멋진 해군, 서 민규 대위님."

"나도 잘 보지는 못했어."

"뭐라카노? 만났다면서?"

"만났는데, 아무것도 안 보였어. 아픈 다리에만 신경이 가 있어서…"

"… 그랬을 끼다…"

"… 난 결혼도 했었고, 자식도 낳았는데, 그 사람은 혼자 왜 그러고 있었을까… 나만 생각하면서 살았을까… 사람이 그럴 수 있는 걸까…"

"한 남자의 진정한 사랑을 우리가 우째 알겠노. 하지만 서민규니까 그럴 수 있었다고 생각되네. 너를 떠났던 건, 너를 버리지 못해서 그랬던 기고. 그 지독한 상실감을 고쳐 볼 끼라는 생각은 아예 하지도 않았을 끼다. 지나가는 세월 틈틈이 니가 얼마나 그리웠겠노. 그걸 생각하면 미제 간보다 더 튼튼한 내 간이 다 녹아내린다.”

"… 덕희야, 나 머리 자르고 숏커트할까? 커트 머리, 나한테 어울릴까?”

생각난 듯 설옥이 말한다.

"얼굴이 조막만한데, 어떤 머리가 안 어울리겠노. 나도 머리 잘라야 되거든. 내 다니는 미용실에 지금 가자.”

"흰 머리도 무지 많아.”

"나도 염색 안 하면, 눈 덮인 초가집이다.”

파마, 염색까지 끝내고 집으로 온 설옥은 욕실에서 거울 속의 자신을 들여다보며 서 있다. 이렇게 짧은 머리는 처음이다. 머리카락을 싹둑 잘라 버렸듯, 지금까지와는 다르게 살아도 된다고 속엣말을 한다. 그래, 그렇게 살아가도 될 만큼은 살았어. 몸속의 핏줄 하나가 툭, 끊어져 버리는 듯하던 감각이 손에 잡힐 듯 아직도 생생하다.

그의 왼쪽 다리에 손이 닿던 순간이 있었다. 그 순간을 일부러라도 느끼고 싶었다.

바닥에 넘어진 그를 향해 쏜살같이 달려가 부축했고, 뒤이어 그의 다리에 손을 가져갔다. 손바닥에 전해져 오던 생소하고 차갑고 딱딱하던 이질감. 그 여운이 가슴 한 켠으로 들어와 싹을 피우고 있다. 설옥은 자신의 두 손을 한참 동안 바라보다가 세면대 물을 틀어 손을 씻는다. 서 대위를 만난 날부터 생긴 버릇이다. 비누 거품을 만들어 손이 벌겋게 될 때까지 씻고 또 씻는다. 혼자 짊어졌던 지난했던 세월을 무엇으로 대신해? 티슈로 얼굴의 화장을 닦아 내고 세수를 한다. 얼굴에 비누 거품을 일으켜 뽀독뽀독 소리 나게 문지른다. 그까짓… 다리 한쪽, 그까짓… 내가 품어 버렸으면, 아무런 문제도 되지 않았을 걸. 스스로를 무인도에 유폐시켜 놓고 혼자 지내 왔다는 게 말이 돼?… 나라를 팔아먹은 죄인도 아닌데…

이 세호 소위님께.

새벽잠이 통 없어져서 4시쯤에 눈을 떠서, 하루를 시작해.

클래식 방송을 틀어 놓고 신문을 펼쳐 사회면을 보는 게 가장 먼저 하는 일이야. 혹시 무슨 해상사고 소식이 있나 해서지. 아직은 널 완전히 못 내려놓고 있나 보다. 엄마는 도로 어린애가 되려나 봐. 미국에서의 고된 잠수 훈련은 잘 끝났니? 훈련 과정이 끝난 후, 수중 30미터 깊이에서 찍은 기념사진은 정말 놀라웠어. 진짜 바닷속 30미터가 맞니? 층층이 줄 서서 찍힌 늠름한 해군의 모습이 육상에서 찍은 모습과 다름없어서 놀라웠어. 호흡을 얼마나 오래 참았을까. 대한민국 해군의 나날이 강건해지는 모습이 정말 자랑스러워.

  아들.

  엄마, 긴 머리 자르고 커트했는데 봐 줄래? 카톡으로 사진 보냈는데 연락이 없네. 좀 젊어 보이니? 덕희 아줌마가 자르면 이쁘겠다고 해서 잘랐는데 보여 줄 남자라고는 너밖에 없어. 연두 헤어스타일에만 온통 관심이 갈 텐데 별 주문을 다 한다. 하지만 장가가기 전까지 넌 아직 내 아들이야. 내가 아들을 어찌 키웠는데, 몽땅 낚아채 가느냐면서, 미래의 네 각시와 다툼하는 장면도 가끔 그려 보곤 해. 그런 장면을 떠올리는 게 즐거워. 우리가 건강하게 살아 있으면서, 서로의 소유물을 주장한다는 것이 이렇게 활기를 주는 일인 줄 몰랐네.

  아들.

  엄마는 진해로 이사했어. 서울을 벗어나 보니 서울에서 보지 못했던 것들이 뚜렷이 보여. 네 아버지와 함께 살아왔던 그 공간 말이다. 우리는 같은 장소에 있었으면서 서로 다른 공간 속에 있었어. 서로의 부재를 인식하지 못한 삶이었지. 그럼에도 마냥 무심하게 지내 왔던 건 그것만이 서로에게 주어진 줄 알았으니까. 그랬기에 실패는 어쩌면 당연하게 주어질 결과였는지도 몰라. 더 세밀하게 사유해 보면, 네 아버지도 외로움이

컸을 것 같아. 아내의 옛 연인이었던 남자의 편지를 하나씩 읽으면서 작위적으로 단정하고, 부풀리고, 오해하고, 심지어는 단죄의 사슬을 던지기까지…

만약 네 아버지가 그 편지를 읽은 후 여행이라도 가자고 제안했었다면? 그래서 내 솔직한 마음을 알게 됐더라면 결과가 달라지지 않았을까? 분명한 건 네 아버진 그러기 싫었다는 거야. 혼자 간직하고 있었던 비밀이 다른 무엇보다도 우선이었던 거지. 나의 오래된 편지들은, 여자를 몰래 가지기 위해 필요했던 도구였을 뿐.

그 여자가 찾아왔었다. 헤어져 달라고 애원하는 모습을 보면서, 사랑한다면 저렇게… 라는 생각이 뚜렷해지더구나. 아내가 있는 유부남을 사랑하는 것이 너무나 힘들고 고통이라던 그 여자의 모습이 절대 거짓으로 느껴지지 않았다. 그 여자는 니 아버지를 죽을 힘을 다해 붙잡고 있었어.

사랑하지도 않는 남편과의 습관적인 삶에 더 이상 다치지 않길 바란다던 말이 철퇴가 되어 나를 때렸다. 그래서 결심이 섰지. 두 얼굴의 그 남자를 보내 버리기로.

니 아버진 줄곧 그 여자와의 사랑을 부정했었다. 난, 그 위선 앞에 좌절했어. 그 여자를 사랑하고 있다고 솔직히 말했다면 나의 상처는 그쯤에서 더 이상 곪지 않았을 수도 있지 않았을까.

  오늘도 어제처럼 하루가 기울어 간다.

  아들.

  진해는 내 젊은 날의 사랑과 추억 혹은 상처가, 거리 곳곳에 안개처럼 포진해 있네. 어느 곳에 걸터앉아 쉬어도 알아보는 사람이 없네. 이토록 편안한 곳에 있게 되다니, 너무 안온해. 여긴 해군 도시라서 고층 건물이 들어설 수 없는 대신, 작고 아담한 고택들이 고스란히 잘 보존되어 있어. 골목마다 들어서 있는 손바닥만한 정원과, 포켓 주차장, 나지막한 담장의 예쁜 지붕들... 이사 오기 정말 잘했지. 이사 온 후, 한 달 가까이 동네 곳곳을 돌아다니면서 답사를 했어. 경화역 근처 언덕배기에 있는 우리 집은 벚꽃이 피면 난리가 난다고 하네. 바람이 불면, 벚꽃잎이 온 동네를 죄다 덮는대. 그 장면이 자꾸 발끝을 물고 늘어지길래 결국 이사해 버렸지. 여기서 내려다보이는 시가지 풍경은 잘 가꿔진 오래된 정원처럼 또 얼마나 정이 가는지.

  저 골목 끝에 다다르면, 옛날에 잘 알고 있던 낯설지 않은 한 사람과 우연히 마주칠 것 같기도 하고.

  두서없이 썼다, 가을 새벽에 엄마가.

어머니께

바다에 떠 있는 생활이 지루하지 않고, 이젠 몸에 딱 맞는 옷을 입은 듯 만족스럽습니다. 핏줄 하나하나까지 절절히 해군임을 요즘 와서 더욱 절감합니다.

어머니께서 저한테 주저함 없이 마음을 열어 보여 주시니까, 저의 내적 성장판이 한층 자람을 더하는 것 같습니다. 드넓은 대양을 마주보고 서서, 어머니의 메일을 읽는 시간은, 연두의 메일을 읽는 시간과는 또 다른 설렘을 안겨 주기에, 한 자, 한 자, 새기면서 읽습니다.

커트 머리가 어머니한테 너무 잘 어울립니다. 촉이 딱 잡혀 오는데, 제가 너무 나간 걸까요? 어머니께선 지금까지 머리를 짧게 하신 적 없기에, 보내 주신 카톡 사진을 보는 순간, 어머니 가까이에 내밀한 변화가 찾아오고 있다는 느낌을 받았습니다. 아무렴요, 저는 어머니의 변신을 열렬히 환영합니다. 어머니의 남은 삶은 누구도 들여다볼 수 없는 어머니만의 것이니까요.

이제 아버지의 벽을 허물고 나오십시오. 그동안 충분히 아팠고, 충분히 낮아졌습니다. 삼 년 동안 집 안에만 머물면서, 백골처럼 하얗게 야위어 가던 어머니를 어찌할 수 없었던 제 자신의 무능함이 정말 싫었고, 그 시간은 저한테도 엄청난 높이의 파고를 헤쳐 나가야 했던 숨가쁜 날들이었습니다.

　결국 어머니는 스스로 그 해답을 찾으셨어요. 어린 새만 알을 깨고 나오는 것이 아니라, 어른이 되어서도 두르고 있던 껍질을 깨뜨릴 수 있어야 한다는 걸, 어머니께서 보여 주셨습니다.

　가장 참을 수 없는 방법으로 뒤엉킨 실타래를 풀 수밖에 없었다는 걸 어머닌 익히 알고 계셨고, 그 절벽의 순간을 극복해 내셨습니다. 그러시리란 걸, 믿어 의심치 않았습니다.

　어머니. 즐거운 소식이 있어요.

　이번에 귀국하면 부부 동반은 물론, 부모님과 연인이 참여하는 대규모의 선상 파티가 열릴 예정입니다. 삼 개월 동안의 고된 항해를 마치고 귀국하는 저희 청해부대 정조대왕함 장병들을 격려하는 차원에서 마련된 파티에 어머니와 연두도 함께할 수 있어서 더없이 기쁩니다. 연두는 드레스를 입어야 되느냐며 벌써부터 긴장된다고 해요. 어머니도 언젠가 제게 선상 파티에 꼭 가 보고 싶다고 그러셨던 거 기억하시죠?

　연두는 이번 방학 동안, 서울에서 드라마 작가 기초 양성반에 등록해 공부할 거라고 야멸차게 준비하고 있습니다. 떨어져 있는 시간이 길다고 불평 같은 거 안 하니까 때로는 누나처럼 미덥고, 푸근해서 좋습니다.

어머니 품성을 많이 닮은 것 같아, 의지하고 싶기도 하고요. 지금은 연두와 결혼까지 갈 작정이지만, 앞으로는 모르겠습니다. 여자의 마음을 짐작하려면 저 출렁이는 파도를 보라면서 동료가 제법 긴 설교를 하더군요. 이틀 전에 삼 년간 사귄 여친한테 헤어지자는 카톡을 받았는데, 이 세상에 파도치는 사랑만큼 허무한 건 없다면서…

　하지만 사랑에 빠져 보지 않고, 또 사랑에 실패해 보지 않고, 무슨 과업을 완성할 수 있겠습니까. 충성!
　　　　　　　　　　　　　이 세호 대위 드림.

　🪶 이 세호 대위님 보세요.
　지난 일요일에 어여쁜 연두와 만나서 점심도 먹고 차도 마셨어. 서울에 드라마 작가 워크숍 간다고 하길래, 힘껏 응원했지. 시인을 꿈꾸던 엄마는 아직도 꿈만 꾸고 있지만, 너희 세대의 변화에 대한 욕구는 속도가 빨라서 어지러워. 연두는 요즘 아가씨들처럼 자신의 인생을 과감하게 운전할 줄 아는 것 같아. 내일을 준비하는 모습도 당차고 야무져 보여. 특히 너와 함께할 미래에 대해서도 계획을 빼곡하게 세워 두었기에, 은근히 칭찬해 주고 싶었어. 쉽게 닻을 내려 버릴 아가씨가 아닐 거다.

아들.

옛날부터 환상을 가지고 있었던 해군의 상징, 선상 파티, 벌써부터 파티 장면들이 떠오르면서 행복의 나래를 펴게 되네. 엄마도 동경해 오던 파티였지. 그런데 아들이 꿈을 이루게 해 주다니.

엄마는 요즘도 아침에 눈을 뜨면 목소리를 다듬어서 싯귀를 암송해 보곤 해. 시를 외우면 잡념도 줄어들고, 오염되지 않은 산속 공기를 마시는 기분이거든.

하늘이 생긴 이후, 단 한 번
같은 하늘 보여 주지 않았다

바다가 생긴 이후 단 한 번
같은 바다 보여 주지 않았다

하늘 아래 삼라만상이 그러하다
바다 아래위 모든 것 다 그러하지만

그대에게 보낸 첫 웃음 이후
내가 보낸 웃음은 늘 같다

내 심장이 그대를 향해 마구 뛰는 일

처음부터 지금까지 역시 똑같다

정 일근의 '사랑, 그 불변'이라는 시야. 잠들기 전에도 이 시를 암송해. 편하게 읽히고 감동이 있고... 엄마도 반짝이는 별이 들어 있는 이런 시를 쓰고 싶었지. 하지만 좋은 시를 만나게 되면 비록 내 꿈을 펼치진 못했어도 마냥 기분이 들떠. 너도 외워 보렴. 연두와의 하루하루가 더욱 살갑게 다가올 거야.

            오늘은 이만, 엄마가.

아침부터 욕실에 들어가 손을 씻어 대다가 움찔한다. 무심코 자꾸 반복하고 있는 손 씻기 동작이 정도를 넘어섰다는 걸 비로소 깨닫는다. 하루에 수십 번도 더 씻어 대는 것 같다. 왜 이러는 거지? 설옥은 핸드크림을 찾아서 벌겋게 된 손등에 문지른다. 머리카락은 왜 잘랐으며, 비정상적으로 손은 왜 자꾸 씻어 대고 있으며, 허리를 구부리고 왼쪽 다리를 자주 응시하는 까닭은?

설옥은 급히 외출 준비를 서두른다.

가게 안으로 들어서자, 벽을 장식하고 있는 많은 의족, 의수들이 눈에 들어온다.

두근거리지 않아야 하고, 시선을 딴 데로 돌리지 말아야 하고, 아무렇지도 않게 만질 수 있어야 한다. 손에 닿는 감각들을 일상적인 접촉으로 받아들일 수 있어야 한다.

"어서 오이소. 전화 주셨던 분 맞지예?"

"네."

"천천히 구경해 보이소. 요즘은 아주 미세한 부분까지 다 맞춤형으로 만들어 냅니더. 그동안 의족, 수족 기술이 눈부시게 발전했다 아입니꺼? 신체 부위와 거의 유사해서 장애를 가진 분들한텐 가히 혁명적이라고 할 수 있어예. 어느 쪽에 필요하신지… 같이 오시진 않았는가 보네예."

"아, 예… 우선 먼저 좀 보려고요. 지금 사용하고 있기도 하고…"

"그리 하이소. 성능 테스트도 가능합니더. 요즘엔 고객 맞춤 로봇 의수, 의족이 나옵니더. 가격이 워낙 고가긴 하지만… 저기 진열된 거는 모두 샘플용인데 차근차근히 쭈욱 구경해 보신 다음에 의논하입시더."

"… 네에… 저희는 왼쪽 다리, 무릎 아래쪽이…"

"하퇴 의족을 사용하고 계신가 보네예. 소프트, 하드, 워킹, 스포츠 등, 용도와 활동 정도에 따라 다양한 종류가 있는데. 기존의 의족들이 해결하지 못하고 있던 땀이나 염증을 거의 완벽한 수준까지 해결해서 만들어 내고 있습니더. 아마 직접 사용해 보시면 생각보다 훨씬 더 만족하실 낍니더."

"… 네"

주인은 샘플용 하퇴 의족을 찾아와 테이블 위에 놓는다. 비닐 포장 안에 든 실리콘 다리를 보자, 가슴이 쿵 내려앉는다.

"종류가 이렇게 많은 줄 몰랐어요."

"하퇴 의족만 사용하고 있는 경우는 사실 장애로 치지도 않습니다. 두 다리가 없는 장애인도 달리기, 수영, 심지어 마라톤까지 하니까예. 운동신경이 발달한 사람은 장애가 없는 사람보다 골프도 더 잘 칩니더. 두 팔, 두 다리 없는 장애인이 올림픽에서 수영, 육상 메달도 따 낸다 아입니꺼? 옛날에는 성한 사람들이 장애인들 무작정 경계했지만, 요즘은 인식이 많이 달라졌습니더."

주인이 비닐 안에 들어 있던 하퇴 의족을 꺼내 들고, 설명을 덧붙인다. 설옥은 그것을 뚫어지게 들여다본다.

"집안에 장애인이 생기면 가족들도 은근히 피할라 카는 심리가 작용한다 카네예. 제 경우도 그런 점을 가장 견디기가 힘들었고예. 가족들이 뭐, 나쁜 마음으로 그러는 기 아이고, 장애를 당한 부모나 형제, 자매들이 한동안은 자기들도 신체 일부를 잃어버린 것 같은 심리적 장애에 빠지면서 그런 감정이 생긴다 캅니더. 그래서 그걸 극복할 시간이 서로 간에 필요하다 그 뜻이지예."

"네에… 아무래도 서로 적응할 시간이, 필요하겠죠."

"당연하지예. 제 경우도 처음에는 마누라가 제 옆에 오지도 않았습니더. 제 속이 얼마나 쓰라렸는지 말도 못합니더. 가만히 생각해 보니, 그걸 서운해 하면서 탓할 끼 아이고, 마누라한테도 남편의 없어진 다리에 적응할 얼마간의 시간이 필요하다 싶었지예. 마누라도 아무 준비 없이 생전 처음 겪는 일 아이겠습니꺼? 허허…"

"네에…"

"사모님도 남편 분이 다쳤습니꺼?"

"… 네에…"

"얼마나 됐습니꺼?"

"… 좀…"

"아직 초기 단계면, 모시고 함께 오이소. 제가 쉽게 설명 드릴 수 있습니더. 서럽기는 해도, 상황에 빨리 적응할라 카모, 자신을 싹 열어 뿌리는 기 최선입니더. 아마 사모님도 선뜻 남편 가까이 가기가 쉽지 않았을 낍니더. 의족을 여기저기 만져 보기도 하고, 주물러도 보고, 씻어도 보고, 그라면서 차츰차츰 익숙해지는 깁니더."

설옥은 조심스럽게 의족을 만져 본다. 부드럽지만, 낯선 감각이 손바닥에 전해져 온다. 그는 이 의족을 차고, 어둡고 쓸쓸했던 그 먼 길을 혼자서 뚜벅뚜벅 걸어오고 있었다.

"그 사람이 의족을 착용한 후부터, 제가 자꾸 제 다리를 쳐다보게 되던데… 자꾸 손을 씻기도 하고… 저도 모르게요."

"아이고, 우리 집사람하고 우째 그리 똑같습니꺼? 참말로 신기하네예. 우리 집사람도 날마다 손을 수십 번도 더 씻어 대고, 그랬습니더. 하루는 니, 내 꼴이 징그러버서 그라나! 절름발이하고는 못살겠다 이 말이가! 하고 소리를 팍, 질러 뿟지예. 그라고 나니까, 한 이틀 밤낮으로 울어 쌌더만은, 그 뒤부터 쥐 죽은 듯이 잠잠해지데예. 같이 산다는 기, 상대방의 모든 걸 다 받아들여야 하는 건 아닐 낀데. 그래도 우짜겠습니꺼? 그런 고달픈 인연으로 맺어져서 머리카락 허옇게 될 때까지 같이 살아라 카는 기 부부 아임미꺼."

"… 네에…"

설옥은 남편과 꼭 함께 오겠다는 말을 한 후, 가게를 나간다. 어둠이 조금씩 깔리기 시작하면서 바람도 꽤 드세지고 있다. 의족 가게 뒤편, 유료주차장에 주차해 두었던 차를 뽑아, 복잡한 부산 시내를 빠져나가 진해로 향한다.

그날 이후, 서 민규는 조용하다. 먼저 연락을 해 올 사람도 아닌 것 같다. 그가 부상을 당했으리라는 걸 짐작조차 하지 못했던 자신의 아둔함에 어처구니가 없었다. 멍청하게도 비정한 쪽으로만 단정하면서 무턱대고 배신, 증오… 그런 단어들만 차곡차곡 쌓고 있었다.

"얼마나 찾아다녔는지… 그 기억을 떠올리면 무서워요. 다쳤다고 말했어야지…"

"이렇게 다시 만나게 된 것만 해도 하느님께 감사기도를 드려야 될 일이오. 너무 비현실적이고 신기하고… 도저히 실감이 나질 않네."

"… 어디서 지내요?"

"통영에서 지내고 있어요. 당분간 통영에 머물러야 해서."

"통영 어디쯤?"

"차로 갈 수 있는 가까운 섬인데, 아주 경관이 뛰어나요. 호수 같은 바다가 사방에서 출렁거리고…"

"일 때문인가 봐요?"

민규가 고개를 끄덕였다.

"통영에서 만날 걸 그랬네요. 미리 알았으면 통영으로 갔을 텐데."

"아니오, 여기 아주 괜찮은데… 이 카페, 왔던 곳이요?"

"덕희하고 한번 왔었어요. 분위기가 기억에 남아 있어서."

"덕분에 나도 좋은 카페를 알게 됐는 걸."

"… 난 진해로 내려왔어요."

"그래요?"

"덕희가 아담하고 예쁜 집을 소개해 줬는데, 마음에 들어서 무턱대고 와 버렸어요."

"이사를?"

"… 네…"

"으음… 잘 됐네…"

"뭐가요?"

"… 나도 진해에 조그만 집이 있어요. 지금은 일 때문에 왔다갔다하고 있는 중인데 마무리되면 진해서 살 작정이오. 거기도 볼거리가 아주 많은 곳이지. 한 번 초대해도 괜찮겠소?"

"… 진해 어디쯤?"

"궁금해요?"

"… 조금…"

"그럼 주소를 보낼까 말까 나도 조금 생각해 보고…"

"… 많이 궁금해요… 밤 운전, 괜찮아요?"

"문제없어요. 시력은 아직 왕성하니까."

"… 이삿짐 좀 정리되면… 또, 차 한잔해요."

"그럽시다."

그러고 헤어졌다. 만나서 차 한잔하는데 삼십칠 년이 걸렸다. 그는 다시 또 설옥을 만났던 적 없었던 시간으로 되돌아가 있는 것 같다. 기다림이 몸에 익으면 그저 무심히 습관처럼 기다림에 젖어서 산다고 하더니.

빗방울 전주곡

감기 몸살을, 유자차로 버텨 보려다가 결국 병을 키운 모양이다. 지난밤부터 가슴이 타들어 가는 듯한 기침이 솟구치더니, 목까지 부어 버렸는지 물 한 모금 삼키기가 힘들다. 목소리도 변하고, 열까지 올라, 이마에선 땀이 줄줄 흘러내린다. 의자에 앉아 차례를 기다리는데, 몸이 옆으로 넘어가는 것 같다. 자꾸만 자세를 바로잡는다. 일찍 도착했는데도 병원 안은 꽤 많은 환자들로 붐빈다. 설옥은 차례가 되어 겨우 일어나서 진료실로 들어간다. 증상을 말하자, 의사가 진찰을 해 보더니, 독감이니까, 당장 입원을 하라고 한다. 열이 삼십구 도를 넘었는데, 이제야 병원을 찾았냐며 야단을 친다.

"주사하고 약으로 안 될까요?"

"상태가 위험해요. 보호자한테 연락하고 입원부터 하세요."

"… 보호자가 멀리 가 있어서요…"

"일단 입원해서 경과를 살펴봅시다. 나이들어서. 자칫 방

심하다가 폐렴으로 가면 돌이킬 수가 없어요. 간호사, 삼 층 입원실로 안내해요."

설옥을 부축해서 진료실을 나간 간호사는 서둘러 삼 층 병실로 안내하더니, 환자복을 가져온다.

"지금은 일인실밖에 없습니다. 상태가 급하니까 우선 여기 입원하셨다가, 나중에 이인실이 비면 옮겨 드릴게예."

환자복으로 갈아입고 침대에 눕자, 팔과 손등에 주사 바늘이 들어온다.

"하나는 영양제고, 하나는 해열젠데, 맞고 계시면 잠시 후에 선생님 올라오셔서 말씀하실 낍니더."

대답할 기운이 없어 설옥은 저절로 눈이 감겨 버린다. 온몸이 완전히 녹아서 어디론가로 흘러가 버리는 것 같다. 솟는 기침 때문에 주사 바늘이 움직이면서 살을 찌른다. 아프지 않은 곳이 없다. 딱히 힘든 일을 했던 것도 아닌데, 느닷없이 감기까지 덮쳐 버렸다.

"이기 무슨 일이고? 내한테 연락하면 어디가 덧나나? 성격이 너무 깔끔한 것도 병이데이. 하여간, 사람 놀래키는 덴 금메달이다, 금메달… 눈 좀 떠 봐라. 내가 누군고 알 것나? 몸이 불덩이네."

누군가가 가까이 와서 이마를 짚은 채로 잔소리를 해대고 있다. 눈을 떠서 한참 쳐다본 후에야 희미하게 사람의 윤곽

이 드러난다.

"덕희구나. 어떻게 여길…"

"어떻게고 저떻게고, 니, 이리할 끼가? 세상에 혼자서 이기 뭐꼬? 까딱하모, 니, 못볼 뻔했다 카더라 의사 샘이… 이틀 지난 거는 알것나?"

"이틀이나?"

"하모. 계속 잠만 잤데이. 병원에서 내한테 연락이 왔더라. 환자가 위급해서 입원해 있는데, 연락되는 사람이 없어서 전화한다꼬…"

"보호자가 없다고 했더니… 너한테 연락을 했네."

"독거노인이 따로 없네, 없어. 당분간 니 보호자는 내다 알것제? 우선 전복죽부터 좀 먹자."

"죽까지 끓여 왔어?"

"당장 돌아가시진 않을 끼라 캐서 죽 끓여 왔다 아이가. 그동안 무리했따. 이사다, 짐 정리다, 또 수십 년 만에 그 사람 만나느라고…"

덕희는 말을 해 놓고 설옥의 눈치를 살핀다.

"죽, 조금만 먹을까?"

"하모, 팍팍 퍼 무라. 그라모 나을 끼다."

덕희는 침대와 연결된 테이블을 펴고, 죽을 놓는다. 잘 익은 백김치가 상큼하고 맛있어 보인다.

"진해로 이사 온 덕, 톡톡히 보네. 고마워서 어쩌지."

"또 고맙단 소리… 우리 아저씨한테 오늘 집에 못 간다꼬, 통보했따."

"무슨 소리야, 나 욕먹이지 마."

"개안타, 고마. 우리가 무슨 신혼이가. 개인적으로 중요한 일 있으모, 외박도 하고 그라는 기지. 어서 무라."

설옥이 죽을 떠먹는다. 새콤한 백김치 국물이 죽을 쉽게 넘기도록 해 준다.

"니 솜씨는 역시… 짱."

"입맛이 돌아오면, 낫는 기다. 걱정을 태산같이 했다 아이가. 진해로 오라꼬, 꼬드겨서 이사하게 해 놓고 덜렁 아프다 카니까… 니, 아픈 거, 아는 병이긴 하지만."

"… 독감이 무슨 이유가 있어서 걸리니."

"밥 못 먹으모, 병이 찾아오는 기지 뭐. 솔직히 니, 통 못 먹더라. 서 대위님 만나고 나서부터… 긴 머리, 싹뚝 잘라 버렸을 땐, 나쁜 일들 잊고 다시 걸어보자는 각오도 있었을 낀데…"

"남의 속을 어쩜 그리도 잘… 사실은… 나도 내 맘을 잘 모르겠어. 나, 왜 이러고 있는 거니?"

"니가, 한 걸음도 못 걸어 나오는 이유, 모르겠나? 윤리의식 투철한 니 맘속에 세호 아버지가 암초처럼 딱 걸려 있어서 그런 거지 뭐."

"…"

"죽, 다 무라. 다 묵고 이야기하자."

설옥은 죽 그릇을 억지로 다 비운다. 옆으로 고꾸라질 것 같진 않은 걸 보니, 열도 내리고 기운이 조금은 돌아온 모양이다.

"너무 맛있어서 정신없이 먹었어. 신세 꼭 갚을게."

"입술로 하는 봉사는 관두고, 이건, 생강 차. 속 더부룩하면 좀 있다가 마셔라."

"너무 뿌듯한데? 유명 화가에게 간호를 받는 기분."

"서 대위님한테 연락해 뿔라 카다가 마이 참았다, 고마."

"호호… 그림 그리는 덕희씨, 잘 있느냐고 물었어."

"참말이가? 흑백다방에서 멋드러지게 쇼팽을 연주했던 그 멋진 해군 아저씨가?"

"어."

"내 이름도 기억하더라꼬? 어머머, 이런 영광이 …"

"그때가 많이 그리운 눈치였어."

"와 안 그립겠노. 니를 그렇게도 사랑했는데… 니를 못 잊어서 지금까지 혼자 살고 있는데… 솔직히 말해서 그럴 수 있는 남자, 이 세상에 또 있겠나? 사나이 오직 한 길, 서 민규, 진짜 멋지다 아이가!"

덕희는 설옥의 침대를 조절해 뒤로 넘겨준다.

"너무 멋있는 사람, 이젠 싫어…"

"그런 말하지 마라. 니한테 다친 데를 차마 못 보여 줘서…

사랑하는 여자가 장애를 가진 남자하고 평생 살아야 한다는 거, 서 대위 대쪽 같은 성품상 용납이 안 됐겠지. 난, 서 대위의 그 절절한 휴머니즘이 너무 대단하고 이해가 돼. 사람이 그럴 수 있을까… 니가 자기를 거절하지 못할 거라는 게 손금 보듯 뻔히 짐작됐겠지. 그래서 니를 보내리라고 결단을 내리고는 숨 한번 안 쉬고 떠났다 아이가."

"차라리 그때 말해 주었다면 좋았을 걸… 그래봐야 다리 한쪽만 없는 거잖아. 살아 있었잖아."

"… 사람이 결이 너무 곧아도 팔자가 사나운 기다. 그냥 모르는 척 팍, 밀어부칫어모 니랑 오손도손 살아왔을 낀대… 그런데, 니, 지금은 또 와 이라고 있노?"

"… 뭘?"

"와 이리 아프고 있노 그 말이다. 이제부터 착실하게 디딤돌 놔 가면서 한 발 한 발, 저 화사한 벚꽃 터널로 입장해야 될 꺼 아이가."

"후후… 벚꽃 터널…"

설옥은 침대 옆 테이블에 놓인 대추차를 한 모금씩 마신다.

"솔직히 물어볼게, 니 앞에, 세호 아버지 마지막 모습이 자꾸 가로놓이제?"

덕희의 물음에 설옥은 대답을 못한다.

"서 대위님이 니 행복하라고 피해 준 길이었는데, 그 길에서 니는… 참… 산다는 일이 묘하다, 그자… 두 사람, 먼 길을 둘러서 둘러서, 결국에는 만나게 되네. 미리 예견되어 있었던 건지… 세호 아버지, 이제 그만 작별해라. 이만큼 했으면, 세호 아버지도 니한테 뭐라고 못하실 끼다. 세호 아버지하고의 인연은 그때 막이 내려진 건데 우짜겠노."

"… 솔직히 말하면, 수습이 잘 안돼. 갑작스럽게 사고가 났는데… 거기까지가 그 사람 인생의 마지막이었을까 싶고… 나를 지탱해 왔던 삶의 기준들이, 나를 놓아주지 않고 있어. 순전히 내 책임이었다 싶고… 여자 문제로 싸우지만 않았더라면… 세호 아버지가 서 대위의 편지를 다 읽었으면서도 모른 척하고 있었듯이, 나도 그냥 그 여자와의 만남을 묵인했더라면… 별 충돌 없이 끝까지 가지 않았을까."

"숨겨 두었던 여자가 불쑥 찾아와서 이혼해 달라 카는데, 모르는 척 가만히 있을 여자가 이 세상에 있나? 니가 너무 차갑고 냉랭해서, 도무지 곁이라고는 안 내줘서, 딴 여자를 숨겨 놨었다고? 그런 몰상식한 논리를 누가 이해할 수 있겠노?"

"세호 아버지, 한편으론 이해도 돼. 마누라가 있어도, 마누라 없는 사람처럼 살았대. 그 말, 여러 번 들었어도 예사롭게 받아들였어. 아무리 그래도 가족인데, 서로를 이어주는 끈끈한 뭔가가 있겠지… 그렇게 착각하고 살았어. 어느 날 그 여자가 찾아왔고, 남편이 집을 나가겠다고 했을 때, 분노의 감정에 지쳐 있던 난, 속으로는 기운이 막 솟았어. 사람이 어찌 그리 간사한지… 그날이 그 사람의 마지막 모습인 줄도 모르고…"

"니 탓이라고 생각하면 한도 끝도 없는 기다. 언제까지나 진통제만 먹고 있을 수도 없다 아이가. 진해로 이사까지 왔는데 머릿속에 들어 있는 이런저런 생각, 차차 비워질 끼다. 시간이 약 아이가. 그라고 굿 뉴스 하나, 며칠 후에 흑백다방에서 내 그림 전시회 열기로 했데이."

설옥은 생기가 도는 표정이다.

"흑백다방? 거기 문 열었어?"

"예비역 해군 장교 출신들이 진해의 상징이었던 흑백다방 다시 문 열어야 한다꼬 목소리를 높이는 바람에, 먼저 한 달 동안 임시로 운영해 볼 계획이라 카더라. 내 그림 전시회도 같이 하면 의미가 있겠다는 요청이 왔길래 두말 않고 허락했다. 니 젊은 날의 아련한 추억이 서린 장소이기도 하고… 그 당시에 하루 종일 틀어 주었던 격조 높았던 클래식 음악도 다시 틀 끼라 카더라."

"그때 그, 물품들 다 있을까?"

"가 봤는데, 클래식 LP판, 하얀색 그랜드 피아노, 테이블, 의자들 다 보관되어 있더라. 수리도 하고 있고. 그날의 그 장면이 시방, 오롯이 살아나는 가베."

"그 장면?"

"모르는 척, 내숭 떨지 마라. 멋진 해군 대위의 격조 높던 라스트 콘서트."

"아…"

설옥의 입가에 잔잔한 미소가 번진다. 덕희가 그 낌새를 놓치지 않는다.

"니, 진짜… 서 자만 들어도, 얼굴에 둥근 달이 뜨네, 니 로맨스 그레이는 이미 항구를 떠났는 기라."

차담회 시간은 저녁 다섯 시라고 한다. 병원에서 퇴원한 후, 거짓말처럼 몸이 거뜬해진 설옥은 아침부터 미뤄 두었던 집 청소를 하는 중이다. 이층 다락방은 세호가 미리 점찍어 두었으므로 구석구석 닦아내기를 몇 번이나 반복한다. 넓은 방 두고 곧잘 구석진 곳을 찾아들던 세호의 습성이 자신을 닮았다 싶어 습관도 유전되는가 따위를 검색해 보기도 했다. 그뿐만이 아니다. 무슨 일에 한 번 몰입하면 물불 안 가리고 몇 밤을 지샌다. 그런 성격이니, 혹시라도 연두와 틀어질 일이 생기면 수습할 수 있을까 싶어 고민스럽기도 했다.

"사람한테, 너무 집착하지 마. 사랑도 감당할 수 있을 만큼만 하는 거야."

언젠가 세호에게 그런 말을 했었다.

"어머니, 사랑에 미리 금을 긋는 법이 어딨어요? 그건 사랑이 아니라 계산이죠."

"이 세상 모든 인간 관계에는 계산이 따르게 돼. 물질은 감당할 수 있지만, 정신은 감당이 안 되잖아."

"어머니 말씀 잘 알아요. 저도, 연두도, 자신이 지녔던 세계를 서로 인정하고 존중해 가면서, 잘 만나고 있어요. 염려 마세요."

미리 걱정하는 건 사랑도 아닌 것이 맞다고 속으로 중얼거리며 설옥은 다락방 아래로 내려간다. 발판이 그리 넓지 않은 나무 계단이라 조심스럽다. 이사 온 후 집 안 물건들을 샅샅이 다 정리했음에도 남편의 물건은 보이지 않았다. 하다못해 명함이나 메모 한 장쯤은 나올 법하다 싶었지만 아예 흔적 하나 없다. 깨끗하게 정리되어 버린 것이 너무 비정하게 느껴질 만큼.

장례식이 끝난 지 두 달쯤 지났을 때, 그 여자가 만나자는 연락을 해 왔었다. 설옥은 그 여자를 집으로 불렀다. 그 여자의 얼굴은 막 해산한 산모처럼 퉁퉁 부어 있었다. 용건이 뭐냐고 물으니까, 어려운 부탁이 있어서 왔는데, 꼭 들어주었으면 좋겠다고 했다.

"… 무슨?"

"저… 혹시 전무님 옷하고, 물건, 제가 정리하면 안될까요? 부탁드릴게요. 유품이라도 간직하고 있으면, 그 사람 없이 살아가는데 위안이 되지 않을까 해서… 장례식에 참석도 못해서 정말 서럽고 초라하고…"

"… 장례식은 어떻게 알았어요?"

"경찰서에서 전화가 왔었어요. 마지막으로 통화한 사람이라고…"

여자가 툭, 울음을 터뜨리더니 흐느끼기 시작했다. 하염없이 어깨가 들썩거렸다. 마지막 통화… 설옥은 어떻게 해야 할지 갈피를 잡지 못해 베란다로 나갔다. 이런 일까지 겪어야 하는가에 대한 원망이 불끈 터져 나오면서 두통이 몰려왔다. 베란다 맞은편, 그리 멀지 않은 곳에 자리잡고 있는 산을 쳐다보았다. 저 산 때문에, 이 아파트 가격이 엄청나게 올랐다지… 저 산 풍경이 다른 동과 비교해 일억 원 이상의 가격 차이를 갖다 주었다지… 저, 좋은 산… 그랬다. 단 한 번도 저 산을 남편과 함께 올라가 보았던 적 없었다. 아침, 저녁으로, 산책을 나서던 이웃 부부들과 간혹 마주쳤으면서도, 그저 남들은 저렇게 사는구나 하고 말았었다. 무엇을 같이 해 볼 생각은 왜 못했을까. 바쁘다는 구실 때문에, 이 넓은 아파트에서 나란히 앉아 본 적도 없었던 것 같았다. 남편한테는 저 여자가 없어서는 안 될 소중한 사람이었을지도 모른다. 보내기가 힘들어서 저렇게 망가져 있는, 마지막 순간까지 사랑을 멈추지 못하는 저 여자가 유품을 정리하는 것이 맞지 않을까.

커피를 내려서 탁자 위에 놓았다. 여자는 울음을 그치려고 손수건을 꺼내 눈가를 자꾸 눌렀다. 흰색 면에 잔잔한 꽃들이 수놓아진 손수건이 어디서 본 듯 눈에 익었다.
"꽃무늬 손수건이 어디서 나서 가지고 다녀요?"
"아, 이거? 신입 여직원이 입사 기념으로 준 거야. 직접 만들었다고 그러더라고."
"야무진가 봐요. 일일이 수를 놓았네. 요즘 이런 보석 같은 아가씨가 다 있네."
"보기 드문 아가씨야. 몇 개나 선물 받았어."
"몇 개씩이나요? 당신한테만요?"
"어. 아니, 전 직원들한테 다 줬어."
"전 직원들한테 몇 개씩이나요?"
"어, 아가씨가 엄청 착한가 봐."

그 손수건이 분명했다. 설옥은 결심했다.
"정리 맡길게요. 대신, 남는 물건 없이 깨끗하게 치워 줘요."
"정말이죠? 저한테 짐 정리, 맡겨 주시는 거 틀림없죠?"
여자는 바라고 바라던 일을 해결한 사람처럼 얼굴이 환해져서 휴대폰을 들고 번호를 눌러댔다. 남편의 짐은 일일이 알려줄 필요 없이 정리하는데 별다른 어려움이 없었다. 각자의 방에 자신에게 필요한 물건들을 두고 있었으므로, 그

것들만 들어내면 남편의 방은 깨끗해질 것이었다. 둘이서 함께 썼던 공간은 거실, 식탁, 신발장이 유일했다. 설옥은 신발장에서 남편의 신발을 미리 다 꺼내 놓았다. 봄, 여름, 가을, 겨울이 무수히 바뀌는 동안, 남편이 무엇을 입는지, 무엇을 신는지 궁금했던 적도 별로 없었다. 어디서부터 잘못되었는지를 알고 싶지도 않았다. 아무런 무늬도 색깔도 없이 그냥 흘러가 버린 어제, 오늘, 내일이 존재했을 뿐이었다.

그래, 당신이 그 사람의 끝을 정리하는 게 옳아. 진심으로 서로 원하는 사이였다면, 그렇게 하는 것이 당신의 마지막 도리겠지.

여자가 사람을 불러 유품을 정리하는 동안, 설옥은 세탁되어 있던 타월들을 죄다 꺼내 들고 베란다로 가서 빨기 시작했다. 바케쓰에 마구 쏟아버린 세제 때문에 타월은 보이지 않고 거품만 이글거렸다. 남편은 다른 욕실을 사용했다. 그 안에 있는 면도기, 타월, 비누, 샴푸, 바디로션⋯ 그런 것들도, 남김없이 줘 버려야겠다.

다방 안은 아직 조용하다. 문을 밀고 들어서자, 덕희가 나온다. 흑백다방은 이미 고인이 된 유 화백이 '칼멘다방'이라는 이름으로 영업하던 곳을 인수해, 흑백다방이라 이름짓고 1999년까지 운영했던 곳이다. 그 당시엔 진해에서 베토벤, 스트라빈스키, 쇼팽을 들을 수 있는 유일한 공간이었기 때문에 하얀 제복의 해군들로 항상 붐볐다. 유 화백이 떠난 후,

피아니스트였던 그의 딸이 뒤를 이어 운영했었는데, 딸도 지병으로 세상을 떠나면서 지금은 시에서 국가등록문화재로 관리하고 있다고 한다.

"어머, 내부구조가 옛날 그대로야. 소품들이 진짜 제대로 보관되어 있었나 봐."

"클래식 LP판들도 거의 다 남아 있긴 한데, 아무래도 소리가 좀 신통찮겠지. 습기도 찼을 끼고… 저기, 피아노."

덕희가 손가락으로 가리키는 곳에 하얀색 그랜드 피아노가 놓여 있다.

"어머, 진짜 그때 그 피아노가 맞네…"

"조율도 새로 해 놨어. 기대해라. 오늘 특별히 초대한 사람이 있거든, 나중에 쇼팽 연주할 분이야."

"그래? 쇼팽을 연주할 사람이라면 피아니스트?"

"어, 멋진 피아니스트 한 분이 나타나실 끼다."

설옥은 잠시 회상에 젖어드는 눈빛이다.

"니 그림은?"

"이층에 걸었고, 일층엔 비어 있는 벽 두 군데만 걸면 된다."

"이층에 가서 감상하고 있을게. 그림 설명은 나중에 들을래."

"증조할매가 손자 빤스 기워 놓은 것보다 더 꼼꼼하네. 꼭 내 그림 제일 먼저 봐야 하는 저 성격…"

설옥은 이층으로 올라가서 덕희의 그림을 본다. 숲의 추상성이 한결 더 난해해졌고 원색을 과감하게 곁들인 색감도 은근히 보는 사람을 긴장하게 만든다. 덕희 그림은 남다른 힘을 지니고 있다. 아무도 흉내낼 수 없는 독보적인 개성이 점점 더 뚜렷해지고 있을 뿐 아니라 화폭에 그려지는 집, 나무, 숲의 추상성도 대담하다. 대충 그려진 듯하지만 가만히 보고 있으면 그림 속 각각의 존재들이 말을 걸어오는 것 같다. 옆에 언제 왔는지 덕희가 서 있다.

"닮는다, 닮아. 뭘 그리도 자세히 보노? 니가 내 그림 쳐다보고 있으모, 괜시리 겁난다."

"너, 떠오르기 일보 직전이야. 그림 속에 가라앉아 있어. 비상을 위한 폭풍 전야의 무시무시한 고요…"

"추켜세우지 마소. 하던 짓이 이거라서 붓질을 못 놓는 긴데."

"지나치게 겸손하기는. 니 그림 이미 성공하고 있잖아."

"이 지점에서 딱 정체되어 갖꼬 비상이 안 되니까, 갑갑한 기지. 그래도 계속 차분하게 작업을 해야지. 그날이 올지 모르지만… 무슨 대단한 화가를 꿈꾸고 시작했던 것도 아니라서 손해 볼 건 없다 싶네."

"당연합니데이, 쭈욱 전진하이소!"

설옥의 장단에 두 사람이 활짝 웃는다. 일층으로 내려가자 흑백다방 임시 운영을 알게 된 손님들이 어느새 여기저기 자리를 메우고 있다. 감미로운 커피 냄새가 코를 찌른다. 창옆에 자리를 잡고 앉자, 덕희가 빵과 커피를 가져와 테이블에 놓는다.

"박 사장님은 안 오셔?"

"우리 아저씨, 베트남 갔다. 하노이에 공사 따낸 기 있어서 수시로 왔다갔다한다 아이가. 나이들어가면서, 안됐기도 하고 그렇네. 사업 줄일 끼라는 말을 입에 달고 있는데도, 쉽지 않은 갑더라."

"아직 젊으시잖아. 이제 겨우 육십 초반인데."

"뭐라카노? 오구다, 오구! 사실은 내보다 세 살 연하다. 몰랐제?"

"그래? 네가 훨씬 젊어 보이는데?"

"햇빛에 얼굴을 노상 들이박았다 카더라. 나이 확 들어 보여 갖꼬, 우리 집에 와서 결혼 허락받을 끼라꼬. 그 때문에 열 살 더 본다, 내보다."

"뭐? 호호호…"

"결혼하고 나니까 곧 죽어도 준치라꼬, 존댓말은 반드시 해 달라 캐서, 그 규칙은 내가 지켜 준다 아이가. 잠자리에서 내 밑에 깔아 놓고 콱 직이 뿔 때는 그깟 존댓말, 무용지물이지만."

"호호… 요즘도?"

"요즘엔 그림 그린다고 힘들어서 죽은 척하고 있다 아이

가. 그라모 집적거리다가 슬그머니 떨어져 나가거든. 남자들은 폭삭 늙어도 마누라한테 잠자리해 주는 기, 무슨 큰 업적 세우는 건 줄 알거든. 웃기제? 우리 나이에는 전혀 그런 마음 없어짓다 카는 것도 모르는 무지한 영감들."

"호호호…"

덕희를 오랫동안 만나 왔어도 불안해 보였던 적이 없다. 긍정적이고 따뜻한 성격 때문에, 함께 있으면 밝은 에너지가 듬뿍 전해져 온다.

"마누라가 원하니까. 박 사장님이 그러시는 거지. 사람이 다 눈치가 있는데…"

"눈치? 오래 살다 보모, 그런 거 신경도 안 쓰고 매사에 무조건이다. 알잖아, 더러운 기 습관이라는 거! 아, 저기, 공무원들하고, 문화계 쪽 유지들 오시네. 잠깐 앉아 있어라."

"알았어."

설옥은 오늘 이곳에 와 있다는 사실이 실감나지 않는다. 생전 처음 와 본 이질적인 장소인 것만 같다. 아니, 날마다 들러서 차를 마셨던 곳 같기도 하다. 그날도 이 자리에 앉았었다. 그리고 잔혹했던 세월이 이빨을 세워, 손댈 수 없을 만큼 무참하게 그날의 풍경을 물어뜯어 버렸다. 기다려도 기다려도 오지 않았던 서 민규. 설옥은 휴대폰을 펴서 카톡을 열어 본다. 퇴직하기 전까지 친하게 지냈던 유 선생한테 문자가 와 있다.

🪶 설옥 샘, 잘 계시죠? 그리움 끝에 문자 보냅니다.

통 연락도 없으시고, 혹시 먼 나라로 이민 가셨어요?

저도 지난달에 명퇴하고 들어앉았어요. 혹시 차 한 잔 할 시간 나세요? 연락 주세요. 둘이서 함께 정현종의 '냉정하신 하느님께'를 외우던 때가 그립습니다.

🪶 유 샘.

내가 나무토막처럼 무심했네요. 난 진해로 이사했어요. 벚꽃 도시에 빠져서 망설임 없이 왔는데, 결행한 후가 더 좋아요. 여기서는 모든 템포가 느리지만 지치지 않아요. 닿아야 하는 곳에 느리게 닿는 의미를 깨닫게 된 것이 얼마나 행운인지 몰라요. 군항제 때, 벚꽃 나라 진해로 부군 모시고 구경 와요. 진해 벚꽃은 다른 지역과는 다른 왕벚꽃이라, 시가지를 완전히 뒤덮으며 한꺼번에 피어나는 자태가 굉장한 충격이랍니다. 특히 장복산 중턱의 십 킬로미터나 되는 안민 고개 벚꽃 터널!

그 꽃길을 거닐면 미완의 사랑이 꼭 이뤄진다고 하네요.

또 하나, 바람이 불면 벚꽃잎이 날아와 우리 집 마당을 온통 덮어 버려요. 핑크색 벚꽃 카펫, 밟아 보고 싶지 않아요?

　궁금하면 꼭 놀러 와요.

　유샘 덕분에 싯귀가 떠올라 중얼거립니다.

　지난해는

　참 많이도 줄어들고

　많이도 잠들었습니다 하느님

　심장은 줄어들고

　머리는 잠들고

　더 낮을 수 없는 난장이 되어

　소리 없이 말없이 행복도 줄었습니다

　그러나 저 납작한 벌판의 찬 흙 속에

　한마디 말을 묻게 해 주세요

　뜬구름도 흐르게 하는 푸른 하늘다운

　희망 한 가락은

　얼어붙지 않게 해 주세요.

　　…

답장을 보내고 나니 덕희가 종종걸음으로 와서 앉는다.
"곧 연주가 시작될 거 같네."
"연주할 분, 오셨어?"
"어. 주차하고 있으시대. 곧 들어오실 끼다."

덕희는 신경이 쓰이는지 출입문만 주시하고 있다. 다방 안은 크고 작은 말소리들이 뒤섞여 있지만, 서로서로 눈치를 보는지 그다지 소란스럽진 않다. 드디어 출입문이 열리고 키가 큰 한 남자가 안으로 들어선다. 덕희가 급히 일어나 출입구 쪽으로 바삐 걸어간다. 덕희의 시선을 따라가던 설옥도 깜짝 놀라서 벌떡 일어선다. 덕희가 그 사람을 설옥의 맞은편 자리로 안내한다.

"먼저 차부터 한잔하셔야지예. 자몽차로 준비하겠습니더. 두 분 서로 말씀 나누고 계시면, 피아노는 준비되는 대로 기별해 드리겠습니더."

덕희가 쏜살같이 사라진다. 두 사람은 자리에 앉는다.

"놀랐죠?"

"아,… 덕희 작품이었네요…"

"덕희씨 그림 감상도 하고, 설옥씨도 만나고… 흑백다방에 오기까지 내내 즐거웠어요."

"… 잘 지냈어요?"

"하루하루 공중에 붕 떠서… 설옥씨는 나한테 연락하기 쉽지 않았을 테고…"

"연락하려고 했어요."

"정말이오?"

"서로 연락하지 않았으면서, 왜 나만…"

"그냥, 시비 걸어 보는 겁니다."

덕희가 자몽차를 테이블에 갖다 놓고 가 버린다.
"… 차, 드세요."
"그럽시다."
"통영에서 오는 길인가요?"
"카페 네순 도르마를 거쳐서 오는 길이 얼마나 즐겁던지."
"그 길로요?"

민규가 고개를 끄덕인다. 지난날의 아련했던 추억들이 되살아나 두 사람 앞에 사그락거리며 쌓인다. 이런 일이 가능하구나… 이런 일이… 설옥은 떨림 같은 것이 자꾸 몸을 휩싸는 것 같아 덕희를 찾는다. 프론트 가까이 가 있던 덕희가, 피아노 연주를 부탁드렸던 분께서 오늘 특별히 귀중한 시간을 마련해서 와 계신다고 안내를 한 후, 이쪽으로 손짓을 보낸다. 민규는 자리에서 일어나 천천히 피아노 앞으로 다가간다. 뒷모습엔 굴곡이 없다. 걸음걸이도 반듯하다. 한쪽 다리를 잃었다는 사실이 조금도 실감나지 않는다.

"반갑습니다. 서 민규라고 합니다. 제가 초등학교 사 학년 때부터 피아노를 치기 시작한 후, 쇼팽에 흠뻑 빠졌었습니다. 그 후 쇼팽만 죽으라고 친 다음, 피아노를 그만두었었는데 그 때문에 유일하게 쇼팽의 곡 몇 가지는 아직도 연주가 가능합니다. 그동안 이런저런 일로 피아노 건반을 두드려 본 지가 까마득해, 연주를 할 수 있을까 고민이 많았습니다. 하지만 해군이었던 젊은 날, 제가 수없이 찾아왔었고, 또

늘 그리워하고 있었던 흑백다방에서의 연주라서 이를 악물고 독하게 연습을 거듭한 끝에 모처럼, 용기를 내 보았습니다. 오늘은 특별히 쇼팽의 열정이 가득 담긴 전주곡 15번 빗방울 전주곡을 만나 보려고 합니다. 이 곡은 쇼팽의 전주곡 중에서도 가장 많은 사랑을 받고 있는 전주곡의 백미로 꼽히는 곡입니다. 시인 보들레르는 이 곡을 듣고 이름 없는 사원 위를 선회하는 장엄한 새 한 마리 같다고 표현하기도 했죠. 은은히 내리는 빗방울을 연상하게 하는 곡이라서 젊은 날, 상처 입은 영혼이 새처럼 하늘로 날아오르던 그 시절에 많이도 들었고, 또 많이 연주도 해 보았던 곡입니다. 이 곡은 또 쇼팽이 목숨보다 더 사랑했던 연인 조르쥬 상드에게 바친 곡이기도 합니다. 그럼…"

박수 소리. 설옥은 긴장되는 감정을 추스르느라, 숨소리마저 가라앉힌다. 덕희가 살금살금 다가와 옆자리에 앉는다.

"넘 멋있어, 청바지에 검은색 남방셔츠, 윤기 자르르 흐르는 은빛 머리카락… 저 자연스러운 자태 좀 봐. 옛날에도 처녀들을 그리 울리더만은, 지금도 여전하시다, 야. 내 가슴은 뭣 땜에 이리 울렁거리노."

덕희가 귓속말로 소곤거리던 중에 피아노 건반이 소리를 울린다. 부드러운 빗방울이 설옥의 뺨을 살며시 스쳐지나가듯 연주가 시작된다. 민규는 간혹 앞으로 내려온 흰 머리카락을 쓸어 올리며 연주를 멈추었다가, 눈을 감은 채 건반 위로 다시 손을 가져간다. 그의 손가락 끝에서 우아한 음률이 흘러나와 흑백다방을 가득 채운다. 지나간 세월이 피아노 건반 위를 오가며 굳게 접었던 날개를 펼치고, 사람들은 모두 움직임 하나 없이 그의 연주에 귀를 열고 있다.

네비가 목적지에 도착했다고 알려 준다. 차를 멈추고 휴대폰을 누른다. 발신음만 혼자 계속 울어 댄다. 문자라도 보내고 올 걸. 미리 연락을 할 걸. 가만히 되돌아보니 너무 서둘렀다 싶기도 하다.

어느 날, 차 한잔하고 싶을 때 와요. 새벽에 올 수 있으면 더 좋습니다. 해 뜨는 모습 꼭 함께 보고 싶기도 해서… 진해구 명제로 372번 길.

며칠 전, 카톡으로 왔던 문자를 겨우 어젯밤에야 확인했다. 마당 청소를 하다가 넘어져 발목을 다쳤던 탓에, 휴대폰을 들여다볼 생각을 하지 못했었다. 꼼짝도 할 수 없을 만큼 심하게 아팠다. 절뚝거리면서도 다 끝내지 못했던 청소를 마저 해 버리고 나자, 발목 부기가 더 심해져서, 거실 소파에 큰 대자로 드러누웠다.

'이까짓 돌부리 하나에…'

발목 상처에 약을 바르고 파스를 붙이자 불현듯 이렇게 조그만 상처도 참을 수 없이 고통스러운데… 라는 생각이 고개를 치켜들었다, 덮어 두었던 휴대폰을 열어보니 주소를 알려 주는 문자가 와 있었다.

'가 볼까? 오늘은 통영에 있을지도 모르는데… 그렇다면 뭐, 다행이고…'

새벽이 가까워져 오는 기색이 보이자, 설옥은 차에 올라 네비에 주소를 찍고 출발한다. 가 보자고 마음을 먹으니, 오히려 기분이 가벼워진다. 도착지는 설옥의 집에서 이십 분쯤 걸리는 곳이다. 아직 이른 시간이라, 동네는 암흑 천지다. 약간의 무섬증이 오소소 들러붙고 있을 때, 휴대폰이 울린다.

"폰 소리를 못 들었네요, 무슨 일 있는 겁니까?"

너무 이른 시간이었는지 민규는 무척이나 놀란 음성이다.

"여기… 명제로 372번 길에 와 있어요."

"예? 정말로 거기에?"

"… 해 뜨는 풍경이 멋있다고 자랑했던 거, 기억 안 나세요?"

"해 뜨는 풍경, 정말 굉장하죠. 아마 깜짝 놀랄 거요. 난 지금 부산에서 가고 있는 중인데, 금방 도착할 수 있어요."

"부산요?"

"어젯밤에 내려왔었어요. 급히 해결해야 할 일이 좀 있어서… 거기 아직 어둑해서 무서울 텐데 어떡한다?"

"차에서 기다리고 있을게요."

"괜찮겠어요? 한 십오 분 정도면 도착할 것 같긴 한데…"

"조심해서 오세요. 걱정 말고요."

"새벽 기온이 싸늘하니까, 차 안에서 문 꼭 잠그고 있어요."

설옥은 시동을 끄고 차 밖으로 나간다. 삼포리 포구는 동네를 감싸안으며 안쪽으로 둥그스름하게 들어와 있다. 그 앞에 펼쳐져 있는 바다는 오랜 가출에서 돌아온 아들처럼 어깨를 잔뜩 웅크린 채로다. 무섬증 같은 걸 느끼기엔 어촌마을 구석구석엔 포근한 기운이 가득 넘친다. 해안에 정박해 있던 배들은 벌써부터 새벽을 맞기 위한 채비를 하느라 부산하다.

그의 집은 희끄무레한 어둠 속인데도 마당, 현관, 거실 안까지 흔하지 않은 조각품들이 자리를 잡고 있다. 있어야 할 것들이 자연스럽게 제자리에 놓여 있다 싶어서 설옥은 자신의 단순한 살림 사는 법이 무안하게 느껴진다.

"삼포마을인 줄은 몰랐어요. 덕희랑 마을 구경도 하고 삼포로 가는 길 노래비 앞에서 함께 노래도 불렀던 적 있어요. 그때, 동네 언덕배기에 이쁜 집들이 몇 채 있길래, 어느 집이 제일 마음을 끄는지 한참 구경했었어요. 설마 이 집일 줄은…"

집 안을 조심스레 살피던 설옥은 장식 하나하나에 섬세한 손길이 닿아 있는 것 같아 눈이 동그래진다.

"그냥 내 취향대로 뚝딱거려 놓은 건데, 마음에 들지 모르겠어요."

"누가 이런 집을 싫다고 하겠어요. 덕희랑 집 구경을 하면서 서로 마음에 드는 집을 골랐었는데, 난 이 집에 눈길이 많이 갔었어요. 겉모양만 보고도 이 집 사서 당장 이사 와야겠다고 농담도 했었는데… 이런 일이 다…"

"작은 항구에 집을 지을 계획을 하고 있다가 삼포마을을 한 번 보고 난 후, 자꾸 발걸음이 갔어요. 땅을 구해서 집을 지어 버렸죠. 혼자 지내면서 적적할 때도 많았는데, 결국 설옥씨가 오게 되네요. 환영합니다… 일찍 서두른다고 속이 허하죠? 잠시만 저쪽에 앉아서 기다려 봐요."

어색함을 느꼈는지, 민규는 설옥을 거실 소파에 앉게 한 후, 방 안으로 들어가서 편한 옷으로 갈아 입고 나온다.

"해물 스파게티, 괜찮죠? 여긴 워낙 해물이 싱싱해서 먹을 만합니다."

"내가 할게요. 나도 요리 좀 하거든요."

설옥이 부엌으로 가려 하자, 민규가 질색을 한다.

"요즘 요리 못하는 남자, 남자도 아니지. 편하게 쉬고 있어요. 삼십 분 내로 다 하니까. 이 책들 보면서…"

민규는 부엌으로 가더니, 앞치마를 두르고 능숙하게 식재료들을 꺼내서 다듬고, 데치고 볶는다. 설옥은 거실 테이블 위에 잔뜩 쌓여 있는 책들 중에서 한 권을 꺼내 펼친다. 모두 선박수리에 관한 책들이다. 책갈피를 넘기는데 뭐가 들어 있다. 오래된 편지 같아서, 다음 장으로 넘기려다 편지지를 자세히 들여다본다. 낯익은 글씨다.

🪶 서 대위님.

세 번째 토요일이 이만큼 기다려진 적 있었던가 싶어요. 훈련은 고되지 않은가요? 바다에서 그렇게 많은 시간을 보내야 하는 사람이 해군인 줄 미처 몰랐어요. 위험한 훈련이 많은 것 같아 때때로 불안하기도 해요. 군항제는 끝났지만 진해 거리는 아직도 벚꽃 천국이네요. 이 거리를 서 대위님과 밤새 걷고 싶은 마음 알죠? 훈련 잘 마치고 오세요. 그리고 잠시 쉬는 시간에 중얼거릴 시 한 수.

어느 날이었다
산 아래
물가에 앉아 생각하였다
많은 일들이
또 있겠지만
산같이 온순하고

물같이 선하고
바람같이 쉬운 시를 쓰고 싶다고

사랑의 아픔들을 겪으며
여기까지 왔는데 바람의 괴로움을
내 어찌 모르겠는가

나는 이런
생각을 오래 하였다

김 용택의 '오래 한 생각' 인데 마지막 구절이 마음을 잡더니 저절로 외워지네요.
서 대위님.
이렇게 예쁜 세상에 살고 있는 줄 예전엔 정말 알지 못했어요. 서 대위님과의 만남이 안겨 준 선물이겠죠. 우리가 처음 만났던 날이 또 눈앞에 아롱거리네요. 흑백다방을 나와, 나한테 멋진 남자로 보이고 싶어서 순식간에 사라졌는데, 알고 보니 거기가 하천...
다친 다리에 깁스를 했던 모습, 걱정스러웠지만 재밌기도 했어요.
아무래도 내가 무엇인가에 빠져 버렸나 봐요. 서 대위님이 목발을 짚었던 모습이 너무 멋있어 보이고...
참, 해군은 대형 항공모함에서 계절별로 선상 파티를 한다면서요?
프랑스 영화의 한 장면 같은 그런 일이 실제로 있나

요? 진짜 궁금해요. 그 파티에 꼭 가 보고 싶기도 하고요.

책을 덮고 부엌으로 시선을 보내자 민규가 설옥을 바라보고 서 있다. 그가 손짓으로 식탁을 가리킨다. 설옥은 그쪽으로 가서 앉는다. 목발을 짚었던 그 모습이 너무 멋있어 보이고… 보냈던 그 편지 구절이 가슴을 후벼판다.

"어머, 이걸 어느새 다… 괜히 성가시게 했나 봐요."

"성가시긴요. 난, 엄청나게 즐거워요. 오늘 같은 날이 올 거라서 양식 요리 자격증까지 땄던가 싶네."

"정말요?"

"요리가 재미있어서 배워둔 건데 이렇게 쓰임새가 있을 줄 몰랐어요."

식탁 위에는 하얀 도자기 접시에 먹음직스럽게 담긴 해물 파스타와 화이트 와인이 멋지게 차려져 있다. 곁들여진 순무와 오이를 섞은 피클도 퍽 깔끔하게 다듬어진 솜씨 같다.

"새벽에 만든 파스타, 정성은 들였는데, 입맛에 맞을지… 순한 것으로 골랐는데 한 잔 할까요?"

민규가 능숙하게 병뚜껑을 제거한 후, 설옥의 잔에 와인을 따른다. 설옥도 민규의 잔에 와인을 따른다.

"자, 건배."

"감사해요. 새벽 파스타, 예측도 못한 거지만 어색하진 않은데요."

"나도 새벽 파스타는 처음이오. 기적처럼 와 줘서 고맙고."

잔을 부딪히고, 한 모금 들이킨 후, 포크로 면을 말아, 먹어본다. 담백하고 고소한 맛이 혀에 감긴다.

"맛있어요, 정말…"

"외국에 있으면서 늘 먹었던 거라서, 나한텐 주식처럼 됐어요. 한국에 와서도 파스타를 즐겨 먹게 됐는데, 자격증을 따면서부터 직접 만들어 먹기 시작했죠. 그냥 내 입맛에 맞는 한국식 파스타지."

"어디에 내놔도 손색없는 맛인데요. 외국엔 무슨 일로?"

"배에 관심을 갖다 보니까, 관련이 있는 전문 기술을 배우러 몇 나라를 돌아다녔어요. 지금 하고 있는 일도 그 일이고."

"어떤 일이에요?"

"한국은 조선업이 아주 강한데, 경쟁력을 갖춘 수리 조선 산업은 전무한 상태죠. 엄청난 비용을 들인 대형 선박을 별 고장 없이 관리하고, 그 가치를 보존하기 위해선 전문적인 기술을 갖춘 기술자들의 점검이 필수에요. 우리나라 선박을 중국에서 수리한다는 건 말이 안되는 상황이죠. 요즘엔 친환경 선박, 이중 연료 선박, 수소 선박까지 개발되고 있어서, 앞으로는 수리 조선업도 한국이 세계 무대에서 기술을 주도해 나갈 거라고 봐요. 무인 자동차처럼, 무인 선박이 바다 위를 거침없이 항해하는 장면, 흥미진진하잖아요."

"재미있을 것 같아요. 통영에 수리 조선회사가 있나 봐요."

"비교적 큰 수리 조선업체가 있어요. 재미없는 일 이야기는 다음에 천천히 하고, 한 잔 더 할래요?"

"저보다 고생하신 서 대위님이 한 잔 더."

설옥이 와인 병을 들고 민규의 잔을 채운다.

"서 대위라는 말, 설옥씨한테 얼마나 듣고 싶었는지… 조금만 늦었으면 아마 숨이 넘어갔을 거요."

"빗방울 전주곡, 잊어버리지도 않고… 정말 좋았어요."

"덕희씨가 특별히 부탁을 해 왔길래, 손에 쥐가 날 때까지 열심히 연습을 했었어요. 더구나 우리의 첫 만남이 있었던 흑백다방에서의 연주라니… 사실은 잔뜩 긴장했었지만."

"… 긴장했던 연주가 아니었어요. 내가 잊혀졌던 게 아니었구나 싶었고… 덕희가 혼자 엉큼하게 계획을 세웠을 줄은 몰랐네. 이, 반지 기억나요?"

설옥이 반지를 낀 왼손을 내민다.

"아, 그 반지… 여태 간직하고 있었어요?"

"진해 앞바다에 던져 버리려고 갔다가… 차마 못 던졌어요."

"반지가 무슨 죄를 지었다고… 내 영혼을 담았던 건데…"

"그러게요. 그렇게 귀한 반지를…"

"… 잠깐 산책 나갈까요? 곧 해가 뜰 것 같은데 삼포리 포구의 해 뜨는 광경, 소름 돋을 만큼 아름다워요. 안 보고 가면 후회할 거요."

"힘들지 않아요? 운전에다. 요리에다…"

"하하하… 돈이 남아 돌아가지 않아서 그렇지, 힘은 넘칩니다."

민규는 이층으로 올라가더니, 옷가지를 챙겨 내려온다.

"아직 아침 기온이 차가울 겁니다. 이 옷, 입어요."

"바바리코트네요… 새 것 같은데요? 상표도 그대로 있고…"

"잘 어울릴 것 같아서 얼마 전에 쇼핑해 둔 건데, 이제야 주인을 만났지."

민규가 상표를 제거한 후, 설옥에게 옷을 입혀 준다. 맞춤옷처럼 몸에 딱 맞다. 두 사람은 집 밖으로 나간다.

"언제부터 이 집에서 지낸 거예요?"

"삼 년 전에 집을 지어 놓고, 여기와 통영 집을 왔다갔다하는 중이었어요. 어느 날 갑자기 설옥씨가 오지 않을까 그런 기대도 하면서… 혹시 기억나요? 이 다음에 늙으면 해 뜨는 모습이 아름다운 바닷가에서 살자고 약속했던 거."

"아, 기억… 나요. 경화역에서 반지 끼워 주던 그날…"

"잊어버리지 않았네."

"그런데… 세월이 너무 길었잖아요. 그 긴 여백을 무엇으로 채우려고…"

"별 걱정을 다… 우리한텐 아직 사십 년이 남아 있는데."

"… 사십 년이나요?"

"딱 사십 년 만… 더 이상은 욕심부리지 맙시다."

민규가 설옥의 손을 당겨 잡고 걷는다. 검은 물감을 양푼이 채로 퍼부어 놓은 것 같던 어둠이 한 겹씩 두께를 줄여 간다. 두 사람의 발자국 소리에 희미하게 떠 있던 달도 느리게 몸을 감춘다.

"전화 받던 날, 기적이 일어났구나 했지… 날 찾을 생각을 어떻게?"

"궁금해요?"

"며칠 동안 잠도 못 들 만큼."

"… 하얀, 비둘기가 날아 왔었어요."

"하얀 비둘기?"

"… 네… 베란다 밖에 해가 지고 있어서 한참 동안 보고 있었는데… 뭔가가 푸드득거리며 거실 안으로 날아들어 왔어요. 깜짝 놀라서 살펴봤더니, 며칠 전 산책길에서 보았던 그 하얀 비둘기 같았어요. 날개 양쪽 끝에 새까만 점이 박혀 있는 모양이 꼭… 가까이 다가가도 꼼짝 않고 가만히 있길래 나를 찾아온 건가 싶기도 하고… 비둘기가 길을 알까요?"

| 해설 |

샛길로 온 비둘기의 노래

김은정 (경남대 국어교육과 교수)

　　근대 한국문학을 이끈 김동인의 작품 <배따라기>는 오해로 인해 빚어지는 형제의 비극적 운명을 다루고 있는 작품이다. <배따라기>의 핵심적 메시지는 '운명이 가장 힘이 세다'는 것이다. 문득 이 작품이 떠오르는 것은 권만희 작가의 <비둘기는 샛길로 날아오네>를 읽는 내내 '운명'이라는 단어가 따라오고 있었기 때문이다.

　　<배따라기>로부터 104년. 권만희 작가의 작품 <비둘기는 샛길로 날아오네>는 배따라기와 어떻게 다르며, 또 어떻게 같을까? 권만희 작가의 장편소설 <비둘기는 샛길로 날아오네>는 6개의 장(연어의 노래. 꽃이 지는 아침. 회로. 시월에 찾아오는 것. 소멸의 온도. 빗방울 전주곡)에 걸쳐 현재와 과거를 오가며 사랑의 운명에 대해 이야기하고 있다.

운명이 가장 힘이 셀까?

이 작품은 해군도시 진해를 배경으로 한 애틋한 사랑의 이야기이다. 그리고 그 사랑은 '운명'이 끼어들면서 스토리가 되고 문학이 된다. 해군대위 서민규와 국어교사 윤설옥은 모두가 부러워할 만큼 선남선녀 커플로 결혼을 약속한 사이이다. 한창 결혼 준비를 하던 중 갑자기 연락을 끊고 사라진 서 대위로 인해 주인공 설옥은 큰 충격을 받는다. 그리고 둘의 추억이 남아 있는 진해라는 장소를 견딜 수 없어 서울로 떠나 교사 생활을 이어가고, 대기업 회사원과 늦은 결혼을 해 아들을 낳고 평범한 나날을 보낸다.

서민규와 윤설옥의 사랑에 초점을 맞추면 그것은 '운명'이 끼어든 삼각관계였고, 그 보이지 않는 적에 휘둘려 두 사람은 속절없이 패퇴한 것이었다. 둘의 이별, 그리고 이후 특별히 행복하지 않았던 설옥의 결혼생활, 그리고 고독한 삶을 이어온 서 대위의 삶을 생각한다면, 적어도 표면적으로 37년의 긴 세월은 운명의 힘에 억눌린 패배의 시간이었다.

100년 전 작품인 <배따라기>는 어떤가. 자기 동생과 아내가 불륜을 저질렀다는 오해로 아내는 자살하고, 동생은 고향을 떠나 뱃사람이 되어 버렸을 때, 주인공 형은 적극적으로 자신의 운명에 맞서기 위해 동생을 찾아 나선다. 동생을 찾기 위해 보냈던 그 시간은 운명에 눌렸던 시간이 아니라 운명에 직선으로, 큰길로 맞서는 시간이었다.

그러나 그 결과는 어땠나. 풍랑으로 죽을 고비를 넘긴 형 앞에 꿈결인 듯 나타난 아우가 남긴 말이 바로 "운명이 제일 힘이 세더이다."라는 말 아닌가. 결국 아우를 다시 만나기 위한 형의 노력은 계속되고, '배따라기' 노래는 가장 비극적인 운명을 상징하는 노래로 남는다.

운명에 직선으로 맞선 이야기가 <배따라기>라면, <비둘기는 샛길로 날아오네>는 큰길에서는 어긋났다고 생각한 것이 '샛길'로 이어진다는, 그래서 운명이란 맞서는 것이 아니라 기다림과 함께하는 존재라는 이야기이다. 운명이 우리 삶에서 공기처럼 공존하는 일상적인 것이라면 그 속에서 삶의 의미를 찾는 것은 우리의 숙명이다.

> 인제 와서 지난 일 자꾸 되새기다가는, 안 그래도 복잡한 머리, 사정없이 팍 터진다. 이미 돌아가 버린 영화 필름인데 우짜겠노. 두 사람이 지금에 와서야 필연적으로 만나라 카는 숙명이었는지도 모른다. 거, 필연이라 카는 기 무서운 기데이.

<배따라기>가 주인공의 오해로 인해 비극적 운명의 소용돌이 속에 들어가게 되었다면, <비둘기는 샛길로 날아오네>

의 남자 주인공 서 대위는 사랑하는 사람의 앞날에 장애물이 될 수 없다는 더 큰 사랑의 마음으로 스스로의 운명을 선택한 것이다. 그래서 <배따라기>에서는 대결의 관점에서 운명은 힘이 세다고 말하지만, 권만희 작가의 작품에서 운명은 저항의 대상이 아니라 이를 수용하는 가운데 삶의 태도가 지니는 빛깔에 중점을 둔다. 그래서 진실된 마음만 간직하고 있다면 언젠가는 그 의미가 샛길로 조용히, 틀림없이 찾아온다고 말한다.

그래서 이 소설은 대단히 일상적이다. 서사의 전개는 특별한 기교를 더하려고 애쓰지 않고, 인물들의 기구한 사연을 일상의 흐름 속에서 평이하게 풀어낸다. 경화역, 탑산, 흑백다방, 해군사관학교, 제승당 등 이 지역 사람이라면 익숙한 장소들, 그리고 사투리가 뒤섞인 일상적 대화, 그리고 만남과 이별에 얽혀든 남녀와 주변인들의 행동들(친구의 장래를 걱정해 사실을 숨기는 등)이 그렇다. 사건의 핵심으로서 다리가 절단되는 서 대위의 충격적 사고조차 마찬가지다. 입체적이라기보다는 평면적이라고 할 이 조용한 서사는 삶의 일상으로서 운명을 바라보는 소설의 관점과 잘 어울린다. 그래서 겸손하게 샛길로 찾아오는 진실한 삶의 감동이 역설적으로 부각된다.

비둘기, 다리, 해군

이 소설은 복선을 지닌 작품이다. 이 서술적 장치는 문학적 형상화에 기여하여 읽는 재미를 더한다. 작품의 도입부에 등장하는 다리 다친 비둘기 사건은 이후에 전개될 주인공들의 이야기를 암시하는 장치인데, 비둘기라는 존재가 지니는 안온함의 이미지도 앞서 언급한 소설의 주제 의식에 부합한다고 할 것이다.

'아무리 그래도, 녀석이 우리집 거실로 날아온다는 게 말이 돼? 숨어서 나를 몰래 미행했던 것도 아닐테고... 참, 신기한 일도 다... 비둘기가 길을 알아?'

설옥은 약통을 가져와서 치료를 다시 시작한다. 면봉에 마데카솔을 묻혀서 상처 부위에 야무지게 문지르고, 밴드를 붙인다. 뜨거운 물에 진통제를 녹인 후, 주사기를 사용해 비둘기 주둥이 안으로 투입시킨다.

'살고 싶어서 날 찾아 왔겠지. 저도 서서히 다가오는 죽음의 그림자가 무서웠겠지. 아무리 그렇다 해도 도대체 이런 일이 가능하기나 해? 지가 나를 어떻게 알고...'

이 이야기는 설옥이 오랜 세월 행방을 모르고 살아가던 서 대위를 만나기 전에 등장한 에피소드이다. 작품의 줄거리에서 이는 등장인물인 설옥이 하얀 비둘기와 아들 세호의 흰 제복을 연관시켜 아들에게 혹시 불길한 일이 일어난 것이 아닌가 생각하게 되는 사건이지만, 작가가 설계하는 작품 전체의 서사 구조에서는 흰 제복의 해군 장교 서 대위를 상징한다. 이러한 복선은 설옥과 서 대위의 첫 만남에서도 보인다.

'딱 5초만 눈을 감았다가 뜨시면, 제가 쥐도 새도 모르게 사라지고 없을 겁니다.'
'에이, 5초 만에요? 몸을 숨기려면 최소한 5분은 걸릴 텐데요. 숨을 만한 장소들이 너무 멀리 떨어져 있잖아요.'
'못 믿겠으면 당장 시험해 보십시오.'
'진짜죠? 좋아요, 그럼.'
설옥은 눈을 감고 1초, 2초, 3초, 4초, 5초를 센 후, 눈을 떴다. 서 대위는 보이지 않았다. 어둠이 내려앉은 밤길 미로 속에 갑자기 내던져진 기분이었다. 설옥은 가장 가까이 있는 집 담 아래로 걸어가 주위를 살폈다. 골목 안, 여기저기를 다 기웃거렸으나 서 대위는 없었다. 발자국 소리도 들리지 않았는데 순식간에 어디로 간 것일까? 덜컥 무섬증이 일었다.

설옥과 처음 만난 날, 설옥의 관심을 끌기 위한 서 대위가 한 장난은 뚝방 아래로 뛰어내려 갑자기 사라지는 것이었다. 그 장난이 '갑자기 사라짐'이라거나, 그로 인해 "서 대위가 다리를 절뚝거리며 설옥을 향해 걸어왔다."처럼 '다리'를 다치게 된다는 설정은 이후 두 사람의 미래의 운명을 암시한다.

이와 같이 다리를 잃은 서 대위, 그리고 사라짐, 그로 인한 설옥의 불안과 고통 등 이후의 삶의 여정을 다리 다친 비둘기의 형상, 하천 아래로 뛰어내리는 사건 등을 통해 미리 제시해 줌으로써 짜임새 있는 서사 구조를 만들어 내고 있다. 문학 작품으로서 이 소설이 지닌 미덕이라고 할 것이다.

아름다운 도시 진해라는 장소성:
속천항, 제덕항, 삼포마을 그리고 흑백다방

문학 작품을 읽고 나서, 마지막까지 마음에 남는 부분이 무엇인지는 독자마다 다르다. 강렬한 주인공의 성격일 수도, 치밀한 스토리 라인일 수도 있다. 또한 작품의 배경이 되는 장소의 이미지일 수도 있다. 이 작품 <비둘기는 샛길로 날아오네>는 아름다운 도시 진해의 곳곳이 배경이 되고 있다. 설옥과 서 대위의 젊은 시절 아름다운 사랑, 가슴 아픈 이별, 그리고 오랜 시간 후의 재회 등 모든 사건의 중심이 바로 진해이며, 특히 진해의 아름다운 장소 혹은 역사적인 장소 등이 작품 곳곳에 잘 녹아 있다.

흑백다방이 다 무너져 버린 건물이 되어 있으려나 했는데 새롭게 단장이 된다니까 무척이나 다행스럽다. 설옥은 느리게 느리게 로터리를 한 바퀴 돈다. 우체국, 근대 역사박물관, 삼백 육십 다섯 계단을 올라야 도착하는 진해 탑산도 여전하다. 색깔이 옅어진 수채화 위를 새 물감으로 살짝 입혀 놓은 듯, 서서히 색감을 더해 가는 진해의 아침은 은밀하고도 신비롭다.

문학 작품에서 사건의 배경으로서 장소가 지니는 의미는 각별하다. 장소는 작품의 정체성을 보여 주는 중요한 요소이다. 이 작품이 일상적인 서사 흐름을 통해 주제 의식을 표출하는 데 있어서도 진해 일대의 익숙한 장소들이 기여한다.

이 가운데 '흑백다방'은 작가가 어떤 의도로 골랐을까, 궁금해지는 장소이다. 이 다방은 소설 속에서 두 사람이 사랑을 만들어가는 장소이자, 이별의 아픔을 겪는 곳이며, 그리고 아름다운 재회의 장소이다. 소설의 중심 공간이다.

"아무리 부정해도, 또 온갖 구실을 갖다붙여도, 니 마음은 항상 원점으로 돌아가 는 거 같은데... 니 마음의 원점이 어딘지, 다 보인다."

"...어딘데?"

"...흑백다방."

오랜 기간 진해의 대표적 문화공간이었던 이곳이 소설 속 묘사처럼 "이미 폐업한 지 오래된 허름한 건물"이면서 "아예 없어지지 않은 것만 해도 다행"인 곳이라는 점은 작품에서 독특한 장소성의 의미를 지닌다. 이 공간이 사랑의 시작, 그리고 이별, 그리고 무언가 남아 있음으로써 사랑의 회복을 시사하는 상징으로 읽힐 수 있다는 것은 이것이 시간의 흐름 속에서 지니게 된 장소성의 의미를 보여 주는 것이다. 독자가 자유로운 상상 속에 이러한 공간의 의미에 주목하는 것도 이 소설을 읽는 또 다른 재미일 것이다.

사랑, 사랑, 사랑

<비둘기는 샛길로 온다>는 사랑의 이야기이다. 그리고 그 사랑에 가장 어울리는 '사랑, 그 불변'이라는 정일근의 시는 설옥과 서 대위의 상황을 잘 보여 준다.

하늘이 생긴 이후, 단 한 번
같은 하늘 보여 주지 않았다

> 바다가 생긴 이후 단 한 번
> 같은 바다 보여 주지 않았다
>
> 하늘 아래 삼라만상이 그러하다
> 바다 아래위 모든 것 다 그러하지만
>
> 그대에게 보낸 첫 웃음 이후
> 내가 보낸 웃음은 늘 같다
>
> 내 심장이 그대를 향해 마구 뛰는 일
> 처음부터 지금까지 역시 똑같다
>
> — 정일근의 '사랑, 그 불변'

 이 작품이 빈번한 편지글, 그리고 시를 통해 서사를 전개하는 점도 주목할 만하다. 이 작품에는 설옥과 서 대위의 사랑 외에도 각자의 다른 방식의 사랑이 등장한다. 친구 덕희와 남편 박 사장과의 오랜 신뢰와 사랑, 아들 세호와 그의 여자 친구 연두의 풋풋한 사랑, 그리고 무엇보다 설옥의 죽은 남편의 내연녀가 마지막까지 지키고자 했던 설옥의 남편에 대한 사랑도 또 다른 사랑의 모습이다.

 그런 만큼 이 소설은 사랑의 소설이기도 하다. 어쩌면 흑백다방의 그것처럼 젊음을 보낸 후 맞이하는 초로의 시기에도 우리는 여전히 사랑할 수 있으며, 그래서 언제까지 우리 삶은 아름답다는 메시지로 읽힐 수도 있을 것이다. 작품에서 반복되는 편지, 시는 작품에 넘치는 사랑의 정서에 잘 어울리는 서술 장치라고도 할 것이다.

  일상의 온기를 바탕으로 하는 이 작품에서 그 사랑도 넉넉하다. 싸우고 쟁취하는 사랑이 아니라, 삶의 이해와 따뜻함이 깃든 사랑이다.

> 남편한테는 저 여자가 없어서는 안 될 소중한 사람이었을지도 모른다. 보내기가 힘들어서 저렇게 망가져 있는, 마지막 순간까지 사랑을 멈추지 못하는 저 여자가 유품을 정리하는 것이 맞지 않을까.

  설옥과 서 대위와의 재회가 해피앤딩으로 마무리될 수 있는 것은 설옥의 사랑이 긴 세월 속에서 성숙해졌기 때문이다. 젊은 시절 설옥이 가졌던 서 대위에 대한 사랑의 감정이 그야말로 젊고 잘생긴 남자를 향한 '뜨거운 사랑'이었다면, 오랜 세월의 고통 속에서 설옥이 가지게 된 사랑은 상처와 세월의 굳은살까지 더해진 '넉넉한 사랑'이다. 그 넉넉함 속에서 설옥은 다른 사람의 사랑까지 이해하는 것이다.

> 설옥씨한테 또 다른 인생이 주어진 기라꼬. 그걸 센

스 있게 직감하고, 남은 인생에 눈 녹듯이 녹아들어야 된다고... 누구든지 자기 안에 자기를 가둬 버리면 살아온 만큼의 삶밖에 없지만, 자기를 깨고 나오면, 새로운 세계가 열린다고... 설옥씨도 빨리 자기 속에서 걸어 나와야 한다네.

그래서 이 소설은 '사랑'을 키워드로 하는 우리 삶의 이야기라고 할 수 있다. 그러면서 그 사랑은 따뜻하고 넉넉한 것이면서도, 그냥 얻어지는 것이 아니라는 것을 이야기한다. 설옥의 행복을 위하여 스스로 숨어버리는 서 대위의 행위는 견디기 힘든 아픔을 감내하는 고통스러운 사랑이다. 설옥의 사랑도 끊임없이 자기 성찰을 동반함으로써 단단해진다.

오랜 오해와 엇갈림 이후 설옥은 서 대위와 재회한다. 그 자리에서 넘어진 서 대위를 부축하려던 설옥은 그의 의족을 만지게 되고, 손에 닿은 생경한 감각에 혼란스러워한다. 그에 대한 자신의 사랑은 진실하다고 믿었지만, 실제로 손바닥에 느껴졌던 생경한 감각을 떨쳐내고 싶어 하는 자신의 감정을, 의족을 만졌던 손을 거듭 씻는 자신의 행동을 설명할 수도 용납할 수도 없었던 것이다.

사랑이 투쟁이라면 이 점에서 투쟁이다. 누군가를 진정으로 사랑하기 위해서는 "자신을 싹 열어 뿌리는" 것이 필요하고, "의족을 여기저기 만져 보기도 하고, 주물러도 보고, 씻어도 보고, 그러면서 차츰차츰 익숙해지는 깁니더."라는 의족 가게 주인의 말처럼 자기 마음을 다잡으면서 스스로 싸워 나가는 일이다. 설옥이 새로이 경험하는 사랑은 그렇게 세월과 함께 성숙해져 가는 사랑인 것이다. 사랑이 젊은 시절만의 특권이 아니고 늙어서도 이어지는 그 어떤 것이라면, 그 사랑을 넉넉히 품을 수 있는 일상의 삶의 태도가 무엇보다 중요하다고, 그렇게 작가는 말하는 듯하다.

비둘기는 왜 샛길로 올까?

이제 다시 물어본다. <비둘기는 샛길로 날아오네>의 서대위와 설옥의 사랑은 운명적 사랑일까. 그들의 사랑은 운명에 휩쓸려 어떻든 이루어질 수밖에 없는 그 어떤 것일까. 그러나 운명은 예측할 수 없이 흘러가고 우리의 계획대로 되는 것은 아니라는 점을 생각하면, 사랑이라는 것이 운명에 의해 주어진다고 하기는 어려울 듯하다.

그 운명이 어떠하든, 굳건히 우리의 삶을 살아간다면 결국 사랑도 찾아오는 것이라고 볼 수 있지 않을까. 긴 세월의 고통과 원망 속에서도 사랑을 잊지 않음으로써 어느 날 거짓말처럼 내 앞에 서 있는 그런 사랑 말이다. 그런 의미에서 이 작품은 '운명적 사랑'을 이야기하는 것이 아니라 '사랑의 운명'을 이야기한다고 볼 수 있다.

"사는 일이 계획대로 생각대로 되니? 인생은 처음부터 어긋난 길로 걸어가야 하는 건지도 몰라. 일, 이 분, 하루이틀 사이에, 운명이 바뀌잖아. 시간은 사정을 봐주지 않아. 표독하고 잔인해. 뭔가를 간절히 원하는 사람들 편이 아니야. 남은 시간이라도 추하지 않게 보내야지. 지금 서 대위를 만나는 것이, 내 인생의 마지막 윤슬이 될까? 윤슬... 그 사람을 만나리라는 작정을 하면, 여기가 자꾸 아려."

세월의 두께와 함께 찾아온 사랑의 운명은 어마어마한 강도로 인생을 가로막으며 찾아오는 건 아닐 것이다. 어느 날 하얀 비둘기가 내 집 베란다로 날아오듯이, 아들의 편지에서 오랫동안 잊지 못하던 그 사람의 사연을 알게 되듯이, 비둘기가 샛길로 오듯이 조용히, 그리고 천천히 다가오는 그런 것이다.

"... 난, 왠지 니한테 좋은 일이 생길 것 같다는 생각이 드네. 운명이란 게 있다 카모, 만나야 할 사람은 세월이 아무리 흘러가도 서로 만나게 되는 긴가 싶고... 사람들은 모르는 기라. 인생의 날실과 씨실이 어떻게 서로 얽혀 있는지..."
"... 그럼 그동안 흘러간 세월은 뭐니... 이런 가혹한 일이 어딨어…"

"그 세월 속에서 깊어지고 다져지고 그랬던 기지 뭐. 그런 후에 만나라는 신의 섭리 같은 거."

"… 섭리…"

"… 오직 신만이 모든 것을 알고 있는 거지… 그런 생각이 드네…"

설옥과 서 대위는 두 사람의 오랜 엇갈림을 원망하지 않는다. 그리고 두 사람은 '사랑의 운명'으로 묶여져 있다는 것을 안다. 운명에 얽매이지 않고 긴 시간 일상의 평범한 삶 끝에 언제든 진실한 사랑에 도달할 수 있다는 메시지이다. 삶 속의 사랑, 사랑으로 이루어진 삶이 지니는 평범한 가치에 관한 이야기이다.

이 소설은 샛길로 찾아온 비둘기의 노래라는 생각이 든다. 서 대위와 설옥이 같이 보게 될 삼포리 포구의 해 뜨는 풍경. 그리고 이들의 말대로 앞으로 40년 동안 같이하며 그동안의 세월의 여백을 메꾸자는 즐거운 약속. 이렇게 다정한 사랑의 운명을 같이한 사람들이 부르는 노래가 바로 샛길로 온 비둘기의 노래가 아닐까 한다.

비둘기는 샛길로 날아오네

초판 인쇄	2025년 7월 10일
지은이	권만희
펴낸이	김리아
펴낸곳	불휘미디어
	경상남도 창원시 마산합포구 오동동10길 87
	(055) 244-2067
	2442067@hanmail.net

가격 18,000원
ISBN 979-11-92576-84-8 03810